KB114567

Return of the Mercenary

용병귀환

유왕 판타지 장편 소설

Mercenary

FANTASY FRONTIER SPIRIT

용병귀환 4

유왕 판타지 장편 소설

초판 1쇄 찍은 날 § 2014년 7월 11일
초판 1쇄 펴낸 날 § 2014년 7월 17일

지은이 § 유왕
펴낸이 § 서경석

편집부장 § 권태완
편집책임 § 성수경
디자인 § 신현아

펴낸곳 § 도서출판 청어람
등록번호 § 제387-1999-000006호
등록일자 § 1999. 5. 31
어람번호 § 제1-1893호

주소 § 경기도 부천시 원미구 부일로 483번길 40 서경B/D 3F (우) 420-822
전화 § 032-656-4452팩스 § 032-656-4453
http://www.chungeoram.com
E-mail § chungeorambook@daum.net

ⓒ 유왕, 2014

ISBN 979-11-316-9115-1 04810
ISBN 979-11-5681-958-5 (세트)

Return of the Mercenary

4

of the

FANTASY FRONTIER SPIRIT

용병귀환

유왕 판타지 장편 소설

청람
도서출판

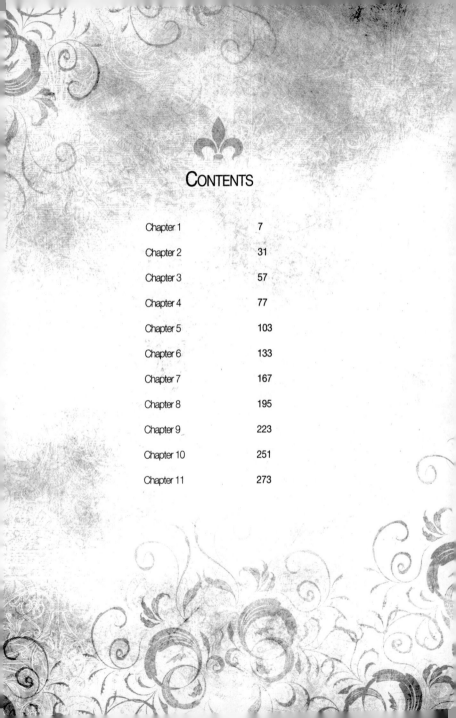

CONTENTS

Chapter 1	7
Chapter 2	31
Chapter 3	57
Chapter 4	77
Chapter 5	103
Chapter 6	133
Chapter 7	167
Chapter 8	195
Chapter 9	223
Chapter 10	251
Chapter 11	273

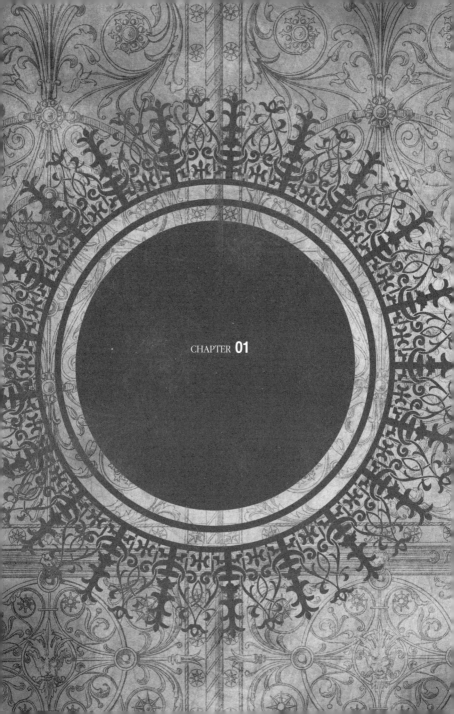

CHAPTER **01**

　용병 왕국에서 루슬릭은 자기 수하 단원들 외에는 다른 누군가를 일체 만나지 않았다.

　필연적으로 만날 수밖에 없는 용병왕과는 어느 정도 친분이 있었지만, 그 외의 렝과 같은 다른 용병과는 친분이라고 할 만한 것을 쌓지 않았다. 아니, 정확히는 있다고 하더라도 잘라냈다고 하는 편이 맞았다.

　아주 오래전부터 루슬릭은 계약이 만료되면 용병을 그만두고 제라스 왕국으로 돌아올 생각을 하고 있었기 때문이다. 어차피 멀어질 인연, 일찍부터 정리하자는 그런 생각에서였다.

하지만 단 한 사람, 루슬릭이 자신의 용병단 외에 사적으로 친분을 가진 사람이 있었다.

기생오라비처럼 곱상한 얼굴을 가진 용병.

용병이라기엔 지나치게 잘생긴, 용병 왕국의 또 다른 로열 나이트 용병인 칼프였다.

"대체 뭘 하고 지내셨습니까?"

독하디독한 술.

40도가 넘는 북쪽 지방의 보드카를 가득 담은 맥주잔을 들어 올리며 칼프가 싱글벙글 웃었다.

사절단 일도 끝났겠다, 그간의 회포나 풀자는 의미에서였다.

루슬릭의 잔에도 마찬가지의 술이 들어 있었다. 역시 보드카를 담기엔 지나치게 큰 잔이었는데, 칼프에 비하면 귀여운 정도였다.

아무리 루슬릭이 보통 사람보다 술을 잘 먹는 편이라고 해도 보드카를 음료수처럼 들이켜는 칼프의 앞에선 명함도 내밀기 힘들었다.

"볼 때마다 신기한데, 넌 대체 술이 다 어디로 들어가는 거냐?"

"말 돌리시깁니까?"

"진짜 신기해서 그래. 보통 사람이면 그거 한 잔도 다 못 마셔."

고상한 왕성 안에서, 와인 대신 독하기만 한 싸구려 보드카를 먹는 두 사람의 모습은 귀족들의 시선에서는 이해하기 힘들었다.

하지만 귀족들이 술을 마시는 것과, 용병들이 술을 마시는 이유는 전혀 달랐다.

분위기와 사교성을 위한 도구로써 맛있는 술을 원하는 귀족들과 달리 용병들은 싸고 금방 취할 수 있는 술을 원했다.

때문에 가격 대비 도수가 강한 보드카야말로 용병들이 가장 선호하는 술이었다. 아무리 잘나가는 용병인 칼프와 루슬릭이라 하더라도 이 점만은 다르지 않았다.

쨍—

루슬릭과 칼프의 잔이 부딪혔다. 루슬릭과 칼프 두 사람 모두 첫 잔을 단번에 비웠다.

"크— 쓰네."

목구멍으로 넘어가는 보드카의 뜨거운 느낌에 루슬릭은 눈살을 찌푸렸다.

"형님, 왜 이리 약해지셨습니까?"

"요새 이상한 술만 먹어서 그래."

20년간 보드카만 먹고 살아온 루슬릭에게 귀족들의 와인은 도수도 낮고, 텁텁하고 달았다. 어찌 보면 와인 맛을 모른다고 볼 수도 있지만 강한 도수로 술을 평가하는 용병들과 루슬릭에게 와인은 가격만 비싼 사치스러운 술일 뿐이었다.

아직까지 입 안에 남아 있는 보드카의 쓴맛에 루슬릭은 입맛을 다셨다.

"이것도 오랜만에 먹으니 괜찮네."

"역시 형님은 천생 용병이십니다."

"지랄하고 있네. 천생 용병이 어디 있냐? 상황이 좆같아서 그리 된 거지."

"하지만 결국 여기서도 용병이시잖습니까?"

반박할 말이 없었다.

루슬릭이 잘할 수 있는 일이라곤 이게 전부였다.

대답을 잃은 루슬릭은 결국 화제를 돌렸다.

"여긴 뭐하러 왔냐?"

"형님도 아시지 않습니까? 저 사절단 대푭니다."

"그러니까 네가 왜 대푠데? 렝 그 새끼가 왔으면 죽여 버리려고 했더니."

진심을 담아서 한 말이었지만 칼프는 그걸 몰랐다. 루슬릭과 이렇게 술잔을 나눌 때면 으레 듣던 말이었기 때문이다.

"하하, 형님은 또 그 소립니까? 이제 얼굴 부딪힐 일도 없는데, 그냥 없는 사람이다 생각하고 잊어버리쇼."

"닥치고 대답이나 해라."

"뭐, 사절단 대표야 형님도 아시다시피 우리 대빵이 시키는 일 아닙니까?"

"그 아저씨가?"

칼프가 말하는 대빵이라면 용병왕밖에 없었다.

"그런데 왜 널 시켜?"

"용병왕과 렝이 동시에 절 추천했거든요. 형님도 아실 거 아닙니까? 형님 떠나고 렝이 잘나가잖습니까. 두 사람이 절 추천하는데, 안 갈 수 없죠."

"왜 추천했는데?"

"모르겠습니다. 제가 아무리 똑똑해도, 밑의 놈들 관리하는 것만으로 벅찬데 말이죠."

스스럼없이 자신을 똑똑하다고 치켜세우는 모습이 얄밉긴 하지만 루슬릭은 부인하지 않았다.

오랜 시간 지켜봐 온 칼프는 용병치고 무척 똑똑했다. 정치적인 성향의 렝과는 다른, 밑의 사람을 관리하는 면에서 칼프는 감각적인 면모를 가지고 있었다.

칼프가 하는 일은 전 대륙에 걸친 용병 지부를 관리하는 것이었다. 그 많은 수의 용병 지부를 별다른 문제없이 운영하고 있다는 사실만으로도 칼프의 능력은 입증된 것이나 다름없었다.

"결국 모른다?"

쪼르르르—

빈 잔에 다시 술을 채우며 칼프가 대답했다.

"네."

"아이고, 도움 안 되는 새끼."

"도움이요? 어차피 형님, 이제 용병 왕국과는 연 끊으실 것 아니었습니까? 제가 뭐 도울 일이라도 있습니까?"

루슬릭과 렝의 관계나 용병 왕국과 안톤 제국의 관계에 대해 자세히 알지 못하는 칼프로서는 당연한 궁금증이었다.

이야기를 할까 하던 루슬릭은 결국 입을 다물었다.

칼프는 용병 왕국의 사람이었다. 루슬릭이야 용병 왕국을 벗어난 자유 용병에 가깝다지만 용병 왕국에 속해 있는 칼프로서는 루슬릭에게 큰 도움을 주기가 힘들었다. 또한, 도움을 주어서도 안 되는 입장이었다.

"됐다."

"에이, 그러지 말고 형님. 뭡니까?"

"마빡 안 치우냐? 뒤질래?"

빠악—!

"으악!"

루슬릭은 두개골이 부서지지 않을까 싶을 정도로 세게 칼프의 이마를 후려쳤다.

뒤로 발라당 넘어지는 칼프를 보며 루슬릭이 자신의 잔에도 술을 채웠다.

　"닥치고, 술이나 처먹어."

*　　*　　*

　루슬릭과 칼프는 코가 삐뚤어질 때까지 마셨다.

　왕성에 보관 중인 보드카의 절반 이상이 칼프와 루슬릭의 뱃속으로 사라진 것이니 두 사람이 얼마나 마셨는지 알 수 있었다.

　물론 그중 루슬릭이 먹은 양은 그리 많지 않았다. 칼프와 비교하면 말이다.

　그럼에도 먼저 곯아떨어진 쪽은 루슬릭이었다.

　"아오, 쓰벌. 머리야."

　숙취로 머리를 싸매는 루슬릭을 베가가 신기하다는 듯 바라봤다.

　"단장, 숙취도 있었습니까?"

　"원랜 없는데… 그 새끼랑은 꼭 퍼마시게 된단 말이지. 젠장. 그 새끼 뱃속엔 오크통이 들었나?"

　"단장보다 잘 마시는 사람도 있습니까?"

　베가가 아는 루슬릭은 그야말로 술꾼 중의 술꾼이었다.

어지간한 술은 물처럼 마시는 데다가, 도수 높은 술도 꿀꺽 꿀꺽 마신다.

지금껏 한 번도 루슬릭이 취하는 모습을 본 적이 없던 베가였다.

그나마 얼굴이 조금 빨갛게 물드는 게 루슬릭의 주사의 전부였다.

그런 루슬릭과 대작할 수 있는 사람이 있다니 놀라울 따름이었다.

"칼프라고, 엄청 잘 먹는 사람 한 명 있지."

"칼프……?"

루슬릭의 옆에 찰거머리처럼 붙어 있던 루나가 대답을 대신했다.

익숙한 이름이었다.

베가는 깜짝 놀라 입을 쩍 벌렸다.

"혹시 제가 아는 그 칼프 님이 맞습니까?"

"아, 그리고 보니 너 용병 조합장이었지?"

칼프는 대륙 각지의 용병 조합을 관리하는 일을 하고 있었다.

그리고 과거 베가는 제라스 왕국의 남부 용병 조합의 조합장이었다.

오래전 일이기는 하지만 칼프의 밑에서 일했던 경험이 있다는 뜻이었다.

비록 이름만 알고 직접 얼굴을 본 적은 없지만 칼프라는 이름은 베가에게 잊기 힘든 이름이었다.

"칼프 님이 여긴 왜 오신 겁니까?"

"제라스 용병단이 마음에 들지 않아서, 그게 용병법을 어기는 게 아닌지 상의하기 위해 사절단으로 오셨단다."

용병법의 숙지는 조합장에게 있어서 필수 사항이었다.

베가는 제라스 용병단의 존재가 용병법 어디에 위반되는 것인지 차곡차곡 머릿속에 정리했다.

확실히 파고들자면 꼬투리를 잡지 못할 것도 없었다.

"용병 왕국이 어떻게 나올까요?"

"알게 뭐냐. 걸고넘어지면 때려 치고 새로 용병단 하나 다시 만들지, 뭐."

말은 그렇게 하지만 루슬릭의 생각은 따로 있었다.

다른 사람도 아니고 사절단의 대표로 칼프가 온 이상, 이번 일에 크게 따지고 들어오지 않을 것이었다.

이번 일은 전적으로 사절단의 판단에 맡겨져 있었다.

애초에 칼프가 제라스 용병단에 어떤 생각을 가지고 있건, 루슬릭이 제라스 용병단의 단장으로 있는 이상 그의 얼굴을 봐서라도 이번 일을 그냥 넘어가 줄 것이다.

"신경 끄고, 카사크랑 파이온이나 불러라. 머리 아파서 안 되겠다. 몸이나 좀 움직이면 낫겠지."

언제나처럼 내 명을 부르며 루슬릭이 머릿속에 떠오른 생각들을 지워 버렸다.

복잡한 생각은 자신과 맞지 않았다.

'칼프가 알아서 하겠지.'

*　　*　　*

루슬릭이 단원들과 함께 연무장으로 향한 그때, 대전에서는 다시금 큰 회의가 열리고 있었다.

소개로 끝이 났던 전날과는 달리 이번에는 사절단, 즉 칼프의 의견을 적극적으로 듣는 자리였다.

달라진 점이라면 오늘은 루슬릭이 없다는 것이었다.

참가하고자 한다면 자격은 되나, 루슬릭은 복잡한 대전 회의에 들어오는 것을 싫어했다.

대전의 중앙에 서서 루블 국왕을 바라보는 칼프는 루슬릭과 함께 있을 때의 생글생글한 미소는 온데간데없고 차가운 무표정만 지을 뿐이었다.

"……그게 용병 왕국의 뜻인가?"

대전이 술렁거렸다.

복잡한 심정이 루블 국왕의 표정에 그대로 나타났다.

"예."

칼프는 더 이상 결정을 번복하지 않겠다는 듯 단호하게 고개를 끄덕였다.

"저희 용병 왕국은, 용병법에 따라 제라스 용병단의 해체를 요청합니다."

* * *

대륙에서 가장 큰 거인을 꼽는다면 사람들은 가장 앞에 두 사람을 꼽을 것이다.

첫째로는 대륙 최강국인 안톤 제국을 다스리는 황제였고, 둘째로는 평민으로 태어나 스스로 왕이라는 칭호를 얻은 용병왕이었다.

하지만 그중 하나를 꼽는다면 사람들은 용병왕을 꼽았다.

안톤 황제가 아무리 거인이라 해도, 평민으로서 왕이 된 용병왕의 능력에는 미치지 못할 것이라 생각하기 때문이었다.

대륙에서 두 손가락에 꼽히는 거인.

그 두 사람의 만남은 무척 갑작스럽게 이루어졌다.

"용병왕이 제 발로 찾아왔다고?"

안톤 황제는 근래 들어 재미있는 일이 무척 많이 일어나고 있다고 느꼈다.

용병 왕국의 전언을 들고 온 렝의 등장부터 안톤 제국은 술렁거리기 시작했다.

오래전부터 노려왔던 대륙 정벌의 시기를 더욱 앞당기는 일이었다.

그런 와중에 용병왕의 방문은 그의 흥미를 자극하기에 부족함이 없었다.

더군다나 용병왕이라면 안톤 황제가 한번쯤 만나보고 싶었던 인물이었다.

"예. 일단 모시긴 했습니다만, 어떻게 할까요?"

"뭘 물어? 당장 데리고 와."

안톤 황제는 잔뜩 상기된 표정이었다.

안톤 황제를 곁에서 가장 오래 보아온 신하인 빈센트 백작은 그가 어떤 사람인지 잘 알았다.

그는 유능하고 다방면에서 뛰어났다.

카리스마가 있으며, 황제로서 전혀 부족함이 없었다.

하지만 때때로 생각을 거치지 않고 충동적으로 판단할 때가 있었다.

바로 지금이 그때였다.

"우선 오딘 경을 부르겠습니다."

"오딘을? 왜?"

"폐하의 안전을 위해섭니다."

용병왕이라고 하더라도 확실히 신용할 수는 없었다.

혹여 불순한 의도를 가지고 접근해 안톤 황제가 해라도 당하면 빈센트 백작의 인생도 끝이었다.

다른 때라면 근위 기사들만으로도 괜찮겠지만, 상대는 용병왕이었다.

어지간한 호위 기사들만으로는 안심할 수 없었다.

안톤 황제는 이번에도 마찬가지로 생각을 거치지 않고 빈센트 백작의 말에 따랐다.

잠시 후, 빈센트 백작이 오딘을 데리고 왔다.

그는 갑옷을 입지 않은 기사였는데, 나이를 추측하기 힘들었다.

백발에 나이가 꽤 들어 보이면서도 주름 하나 찾기 힘든 얼굴이기 때문이었다.

끼이이익—

오딘이 오고 얼마 지나지 않아 용병왕이 대전으로 들어왔다.

"저잔가?"

안톤 황제는 체면도 잊은 채 벌떡 일어나 대전 안으로 들어온 용병왕을 바라봤다.

처음 용병왕을 본 안톤 황제의 감상은 그가 오딘과 무척 비슷한 느낌이 든다는 것이었다.

"생각보다 평범하군."

"……그렇습니까?"

안톤 황제의 평과는 달리 빈센트 백작은 용병왕을 보며 알 수 없는 숨 막힘을 느꼈다.

오딘과 비슷하다는 생각은 그 역시도 할 수 있었다.

실제로 두 사람은 나이와는 맞지 않게 주름 하나 없는 얼굴과 강직해 보이는 인상에서 공통점이 많았다.

하지만 용병왕에게만 존재하는, 어떤 말로 형용할 수 없는 느낌이 있었다.

그것을 안톤 황제는 느끼지 못한 듯했다.

턱—

백 걸음은 족히 떨어진 거리에서 근위 기사들이 용병왕의 걸음을 멈춰 세웠다.

두 개의 창이 자신의 앞을 가로막자 용병왕은 그 창을 바라보다가 슥 손을 움직였다.

서걱—

"말로 하지."

두 자루의 창대가 부드럽게 잘려 나갔다.

아니, 너무나도 깨끗하게 부러졌다.

근위 기사들은 깜짝 놀라 부러진 창대를 놓고 뒤로 주춤 물러났다.

"황제 앞이라도, 나 역시 왕은 왕이네."

"과연, 듣던 대로군."

짝짝짝—

안톤 황제는 자신의 앞에서도 위풍당당한 용병왕의 모습이 무척 마음에 들었다.

신화 속 등장 인물처럼 회자되는 사람이 바로 용병왕이었다.

가끔 용병 주제에 대단하면 얼마나 대단하겠냐고 생각했는데, 그런 생각이 잘못되었다는 것을 알 수 있었다.

용병왕에게 느끼는 안톤 황제의 평은 오딘과 비슷하다는 것이었다.

그 정도만 하더라도 일개 용병으로 치부하기엔 과분한 평이었다.

"황제 폐하 곁에 훌륭한 방패가 서 있구려. 든든하시겠소."

용병왕은 오딘과 눈을 마주치며 흐뭇하게 웃었다.

오딘은 그의 시선을 피하지 않고 노려봤다.

용병왕은 그와 잠시 눈을 마주하다가 물었다.

"저자가 안톤 제국 제일 검이라는 오딘 경이겠구려."

"안목은 있군."

"어디 안목뿐이겠소? 길바닥에 맨몸뚱이로 태어나 이 자리에 앉으려면, 못하는 게 없어야지. 안 그렇소?"

인정할 수밖에 없는 말이었다.

안톤 황제는 자신의 능력에 자신이 있지만, 용병왕처럼 맨몸으로 태어나 왕이 될 수 있느냐면 대답할 수 없었다.

때문에 그가 용병왕에게 흥미가 있는 것이었다.

그는 유일하게 자신이 할 수 없다고 생각한 일을 해낸 사람이었다.

"무슨 일로 여기까지 오셨나?"

"허허, 앞서 렝 녀석이 여기까지 와 대략적인 이야기는 다 하지 않았나? 오늘은 그 뒷이야기를 하러 왔지."

"렝이라면… 아, 그 녀석 말이군."

"사실 조금 실망했네. 안톤 황제라면 그 이야기를 듣고, 곧장 안데르센 왕국을 정벌하겠노라 나설 줄 알았거든."

자신을 향해 한숨을 내쉬는 용병왕의 모습에 안톤 황제의 미간에 주름이 깊어졌다.

"그런 표정 짓지 말게. 그래서 내 친히 여기까지 오지 않았나?"

"용병왕이 대단하다고는 들었는데, 내 앞에서도 이렇게 건방을 떨 줄은 몰랐군."

"무서울 게 있겠나? 세상 모든 용병이 내 등을 떠받들어 주는데. 고작 이런 일로 날 적대시한다면, 애초 손을 잡을 가치도 없는 그릇인 게지."

교묘한 말솜씨였다.

자신을 적대시하면, 고작 이런 일로 적을 만드는 그릇 작은 놈이라는 뜻을 우회하여 말한 것이다.

게다가 그리 틀린 말도 아니었다.

용병왕과 그의 용병 왕국은 안톤 황제에게 있어 추후 큰 힘이 될 존재였다.

그런 그들을 사사로운 감정에 못 이겨 적대시한다면 그거야말로 치졸하고 그릇 작은 일이었다.

"용병왕은 칼이 아니라 주둥이로 올라간 자리였나 보군."

"둘 다겠지."

"그래서 어쩌자는 거지?"

"준비는 하고 있겠지?"

어떤 준비를 묻는 것인지는 바보가 아닌 이상 알 수 있었다.

안데르센 왕국, 나아가 대륙 정벌을 위한 준비였다.

"그거라면 언제나 완벽하지."

"완벽하다? 그런데 왜 나서지 않는 거지?"

언제나 자신만만하게 대답했던 안톤 황제도 이번만은 그러지 못했다.

준비가 되어 있지 않은 것은 아니었다.

하지만 방금 전의 대답처럼 완벽하지는 않았다.

성공, 혹은 실패.

길고 긴 대륙 역사상 지금껏 대륙 정벌에 성공한 전례는 없기에, 안톤 황제는 만전을 기울이고 있었다.

"아직 완벽하지는 않지만……."

잠시 말끝을 흐렸던 안톤 황제가 곧 씩 하고 웃었다.

"준비가 되어 있지 않은 것은 아니다."

"그럴 줄 알았네."

두 사람이 잠시 눈을 교환했다.

비슷한 부류의 눈.

무언가를 갈망하고 있는 그 눈이 원하는 것이 무엇인지는, 같은 부류의 두 사람이 가장 잘 알고 있었다.

용병왕은 자신의 가슴에 달려 있는 붉은빛의 용병패를 꺼냈다.

세상에 단 하나, 레드 다이아몬드를 깎아서 만들었다는 주먹만 한 크기의 용병패.

용병왕은 그것을 들고 선언했다.

"지금부터 전 대륙의 모든 용병은, 오직 안톤 제국을 위해서 움직일 것이네."

*　　　*　　　*

"……뭔 개소립니까?"

아르만 공작과 이야기를 나누던 루슬릭이 똥 씹은 표정을 지었다.

평소 차를 즐기던 아르만 공작이 찻잔에 손도 가져가지 않을 만큼 심각한 이야기였다.

"그렇게 되었네."

"그게 정말 그 새끼 대가리에서 튀어나온 생각이에요?"

"그래. 어떤 말로도 사절단의 의사를 바꿀 수 없었네."

제라스 용병단의 해체.

용병 왕국에서, 그리고 칼프에게서 나온 요구는 이것 하나였다.

제라스 왕국이 걱정하던 최악의 상황이 직면한 것이다.

하지만 제라스 용병단의 해체로 인한 뒷수습을 걱정하는 아르만 공작과는 달리, 루슬릭은 칼프의 결정이 이해가 되지 않았다.

"도대체 왜?"

"그러고 보니, 자네라면 이번 사절단 대표와도 안면이 있었겠군."

"……안면 정도가 아니죠."

평소 형님이라고 꼬박꼬박 부르며 루슬릭을 쫓아 다니던

칼프였다.

처음에는 귀찮았았지만 루슬릭은 그렇게 따라다니는 칼프가 은근 싫지 않았다.

단원들처럼 생사를 오고가는 경험이 있지는 않았지만, 술친구든 형님 동생이든 두 사람은 용병 왕국 내에서 드물 정도로 친한 관계였다.

그런데 이런 결과라니.

"용병 왕국에서 어지간히도 제라스 용병단이 거슬렸나 보군."

"……그런 건가?"

아무리 칼프라도 용병왕이 반드시 제라스 용병단을 해체시키도록 압력을 넣었다면 루슬릭의 존재가 어쨌건 칼프는 시키는 대로 따를 수밖에 없었다.

그만큼 용병 왕국에서 용병왕의 입지는 절대적이었다.

그런 게 아니라면 칼프의 이번 결정은 납득이 되지 않았다.

뻔히 루슬릭이 제라스 용병단의 총단장으로 있는 것을 알면서 그 용병단을 해체시키다니.

"시발. 그럼 난 또 백순가?"

의자에 머리를 폭 기대며 루슬릭이 한숨을 쉬었다.

기껏 할 일이 하나 생겼다 싶었는데, 얼마나 됐다고 그 일도 하지 못하게 되어버렸다.

"발 닦고 집이나 갈까……."

"그러지 말고 기다려 보게. 국왕 폐하와 상의해서 뭔가 다른 수단을 만들어보겠네."

제라스 왕국의 입장에서 루슬릭은 놓칠 수 없는 인재였다.

당장 실력만 놓고 보더라도 왕국 제일 검이자 전신이라고 불리는 네리어드와 대등, 혹은 그 이상의 실력을 가지고 있었다.

더군다나 20년간 전쟁 용병으로 살아온 노련함은 전쟁터에서 그 누구보다 뛰어난 능력을 발휘할 게 틀림없었다.

언제고 들이닥칠 안톤 제국과의 싸움에서 루슬릭은 골든 카드나 마찬가지인 셈이었다.

"귀족이 되어보는 건 어떻겠나?"

"귀족?"

"그래. 용병이긴 하다만 자네 태생은 하츨링 백작가의 직계가 아닌가? 능력이야 충분하니 국왕 폐하께서 따로 작위를 내려주는 것도……."

"어이, 영감님."

드르륵—

의자를 뒤로 밀치며 루슬릭이 자리에서 일어났다.

"내가 뭐 물건도 아니고, 이런 핑계 저런 핑계로 붙잡아두려는 거 기분 나쁩니다. 그리고 저보고 귀족으로 살라고요?

이빨 까는 새끼들 좆같으면 뒤지기 전까지 패고 볼 건데, 용병은 그게 되는데 귀족은 안 되잖아요?"

용병은 자유분방한 만큼 자신의 행동에 대한 책임이 적은 편이었다.

만약 싸움이 벌어지더라도 싸움에 대한 책임은 전적으로 실력에 따른 결과에 있을 뿐이었다.

하지만 귀족들의 세상은 다르다.

싸움은 주먹이 아닌 말로 하고, 행동 하나하나에 큰 책임이 따른다.

용병으로 살아온 루슬릭에게 그런 답답하고 틀에 박힌 세상은 더 이상 맞지 않았다.

"갑니다, 영감님."

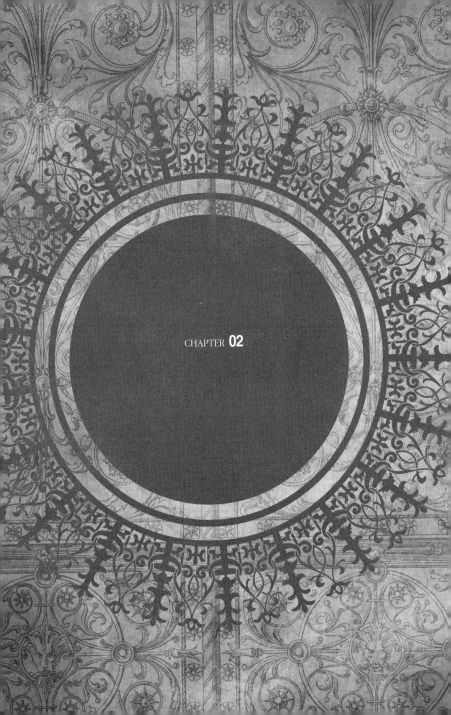

CHAPTER **02**

루슬릭은 그 뒤로 칼프를 찾지 않았다.

어쩔 수 없는 일이라고 하더라도 이런 일이 있고서 칼프를 보면 썩 좋은 얼굴을 할 것 같지 않았기 때문이다.

제라스 용병단이 해체되는 데에는 그리 오랜 시간이 걸리지 않았다.

지금껏 해결한 의뢰에 대한 보상을 간소하게 처리하자, 용병들은 다시금 자신들이 원래 있던 자리로 돌아갔다.

루슬릭 역시 예외는 아니었다.

루나와 파이온, 카사크, 베가.

오래전부터 함께해 온 단원들과 제라스 용병단에서 만난 단원까지, 루슬릭을 따라 나선 이들은 함께 하츨링 백작가로 돌아왔다.

"식구가 늘었구나."

영주성 입구까지 마중 나온 레바논이 루슬릭을 반겼다.

떠날 때는 네 명이더니, 어느새 베가까지 식구가 딸려오자 레바논이 반갑게 인사했다.

"반갑네."

"반갑습니다."

남부 지부의 지부장이었던 만큼 베가는 예법이 어느 정도 몸에 배어 있었다.

조촐하게 인사를 나눈 레바논은 곧 루슬릭에게 말했다.

"바쁠 텐데 어쩐 일이냐? 왔다는 소식 듣고 깜짝 놀랐다."

"뭐, 보는 그대로지. 백수야."

"백수?"

순간 뜻을 알아듣지 못했던 레바논이 조금 늦게 깜짝 놀란 표정을 지었다.

"설마, 그만둔 게냐?"

"그만둔 게 아니라 잘렸지. 용병 왕국, 그 개새끼들이 걸고 넘어져서 제라스 용병단이 작살났어."

짧은 말이었지만 레바논은 어떻게 된 일인지 알 수 있었다.

그 역시 용병들의 세계에서 용병 왕국과 용병왕이 가지는 의미가 어떠한지 대략적이나마 알고 있었다.

아무리 제라스 왕국이 뒤를 받치고 있다 해도 용병단이라는 이름을 쓰고 있는 이상, 용병법을 거스를 수는 없는 노릇이었다.

"으음, 그렇군."

"뭐, 아무튼 그래서 다시 신세 좀 지게 됐어. 잘 부탁해."

"잘 부탁할 게 뭐 있겠냐. 여기가 네 집인데."

"나 말고. 이 떨거지 새끼들 말이야."

루슬릭은 뒤따라온 네 명을 가리켰다.

한 명, 한 명 어딜 가도 쌍수를 들고 반길 만한 인재였다.

싸우는 실력이야 두말할 것도 없었고, 용병으로서의 경험은 영지 경영이나 군사력에도 큰 힘이 되었다.

그런 네 명을 루슬릭은 떨거지로 칭했다.

우스운 점은 그런 모습이 전혀 어색함이 없다는 것이다.

심지어 함께하기 시작한 지 비교적 얼마 되지 않은 베가도 이런 취급이 그리 낯설지 않았다.

그리고 그것은 아이러니하게도 레바논 역시 마찬가지였다.

"하하, 걱정 마라. 네 식구면 우리 식구이기도 하니."

"쯧. 애새끼들이 쌈박질 말고는 할 줄 아는 게 없어서 원……."

"그건 서방도 마찬가지 아니야?"

"나야 쌈을 기가 막히게 잘하고. 너넨 그냥 잘하고."

"무슨 차이야?"

"너랑 나랑 맞짱 뜨면 누가 이기냐?"

알 수 없는 대화였지만 루슬릭을 조금만 아는 사람이라면 이 대화의 뜻이 곧 '뒤지기 싫으면 닥쳐' 임을 알 수 있을 것이다.

그때, 레바논이 루나를 비롯한 네 명을 돌아보며 말했다.

"아, 마침 부탁할 일이 있긴 하군."

"마음껏 하도록 해."

"저기 단장……."

"부탁은 우리에게 한다는데?"

돌아오는 대답은 없었다.

여전히 싱글벙글 웃으며 서 있는 루슬릭에게 더 이상 따지고 들 간 큰 사람 역시 없었다.

새삼스레 미안함이 들어 레바논이 그저 허허 웃었다.

하지만 이들이라면 지금 영지에 일어난 골칫거리를 분명 처리해 줄 수 있었기에 부탁을 미룰 수도 없었다.

"그래서 부탁이 뭔데?"

이미 머릿속에 놀고먹을 계획을 끝내놓은 루슬릭이 레바논을 재촉했다.

그의 머릿에 한 번 들어갔다 나온 것처럼 다른 단원들은 똥씹은 표정이 되었다.

루슬릭의 재촉에 잠시 망설이던 레바논이 대답했다.

"영지에 쓰레기들이 나타나기 시작했다."

*　　　*　　　*

쓰레기라는 비유가 쓰이는 곳은 손으로 다 셀 수 없을 만큼 많다.

보통 성격이 더럽거나 해서는 안 될 비도덕적 행동을 하는 사람에게 쓰이고, 도적이나 건달과 같이 사회적으로 해가 되는 존재에게 쓰이기도 한다.

하지만 이 쓰레기라는 비유에 가장 적절하게 들어맞는 존재는 따로 있었다.

대륙의 쓰레기이자 공적.

바로 통칭 흑마법사라는 존재였다.

"그 더러운 새끼들이 여기 또 나타났어?"

시원한 음료수를 홀짝거리며 루슬릭이 간만의 평화로움을 누렸다.

물론 그의 입에서 나오는 단어는 평화로움과는 거리가 있었다.

"출동해라. 가서 조져."

"……말 참 편하게 하오."

목구멍 끝까지 올라온 막막함을 카사크가 한숨으로 풀어냈다.

흑마법사들이 일반적으로 보통 마법사에 비해 상대적으로 강하긴 하지만 어지간한 기사들도 몇 수 아래로 굽어보는 그들에게는 그리 어려운 상대가 아니었다.

아니, 애초 흑마법사가 두려움의 대상으로 꼽히는 이유는 강함이 아니었다.

흑마법사가 두려운 이유는 그들의 사고방식이었다.

그들은 보통 사람들처럼 사람을 죽이는 데 망설임을 느끼지 않는다.

또한, 은밀히 사람을 잡아다가 인간으로선 견디기 힘든 강도의 실험을 행하곤 했다.

도덕적 규범이나 양심을 느낄 수 없는 마법사.

그들을 통칭해 대륙은 흑마법사라 불렀다.

"그 새끼들이 어디에 있는지 알고 그리 쉽게 말하시오?"

카사크의 막막함은 바로 여기에 있었다.

당장 눈앞에 있다면, 흑마법사들 따위 굳이 칼에 피를 묻힐 필요도 없이 처리할 수 있었다.

하지만 대륙의 공적으로 지목된 흑마법사들이 아직까지 박멸되지 않고 있는 이유는 그들이 모습을 잘 드러내지 않는 데에 있었다.

한 번 작정하고 몸을 숨긴 흑마법사들을 찾기란 하늘의 별 따기였다.

그들은 수천 년을 이어온 기술과 마법을 이용해 자신의 존재를 철저하게 숨긴다. 그렇게 숨어든 흑마법사를 찾기 위해서는 수준 높은 마법사가 필요했다.

하지만 단원들은 물론이고, 루슬릭 역시 그런 기술은 가지고 있지 않았다.

"알 바냐. 내가 움직일 것도 아닌데."

"단장은 놀고먹을 거요?"

"응. 그러려고 왔는데?"

"그래도 좀 도와줘야 하지 않겠소?"

"다 찾고 도와 달라고 해."

"아니, 아무리 그래도 여긴 단장 집인데……."

챙―

루슬릭의 손에 잡혀 있던 다 비워진 음료수 잔이 조각조각 깨어졌다.

"안톤 제국에서 그 새끼들이랑 백 일 넘게 술래잡기했던 거 생각하면 아직도 피가 거꾸로 솟거든? 그냥 니들이 찾아. 죽이긴 내가 죽일게."

"⋯⋯."

안톤 제국에서 잠까지 설치며 흑마법사들과 술래잡기했던 시절을 떠올리면 카사크 역시 지금도 혈압이 올랐다.

그렇지 않아도 성질머리 급한 루슬릭은 그보다 더했다.

그 당시 루슬릭이 얼마나 성질을 내고 다녔는지는 함께 있던 단원들밖에 알지 못했다.

결국 카사크는 루슬릭의 도움을 구하는 것을 포기해야 했다.

"후, 알겠소. 일단 찾기까지는 우리끼리 해보겠소."

"잘 생각했어."

*   *   *

우적우적―

꿀꺽―

짐승이 아닐까 싶을 정도로 남자는 음식물을 게걸스럽게 씹어 넘겼다.

옆으로 두께만 보통 사람 세 배는 족히 됨직한 남자. 더군다나 키도 그리 작지 않아 그 덩치는 평범한 사람을 초라하게 만들 정도로 컸다.

하지만 그런 남자가 그렇게까지 크게 느껴지지 않는 이유
는 바로 옆에 서 있는 남사 때문이었다.

이 미터를 훌쩍 넘는 체구.

음식물을 씹어 넘기는 남자보다 머리 두 개는 더 커 보이는
키와 비정상적으로 떡 벌어진 어깨는 거인이 아닐까 싶을 정
도였다.

"저기야?"

입 안에 들어 있는 음식물을 목구멍으로 한 번에 넘기며 뚱
뚱한 남자가 물었다.

그의 물음에 바로 옆에 있던 거구의 남자, 토르가 답했
다.

"오래간만의 의뢰군."

뚜두둑—

그의 손가락 마디가 괴기스러운 소리를 내며 꺾였다.

보통 사람 얼굴 크기만 한 주먹에서 나는 소리는 멀리 있는
다른 용병들의 귀에까지 선명하게 들릴 정도였다.

"그만 처먹어라, 돼지. 곧 일 시작이다."

"아직도 나 몰라? 든든히 먹어둬야 싸울 수 있는 거라
고."

"싸우다 체하지나 않으면 다행이지."

마지막 남은 빵을 입 안으로 가져가는 뚱뚱한 남자는 토르와 같은 용병단에 속해 있던 베이그였다.

그 두 사람 외에도 뒤로는 과거 함께했던 용병단의 단원이 수두룩하게 모여 있었다.

토르는 이렇게 모였던 게 얼마만인가 싶었다.

루슬릭이 떠난 후, 제2로열 나이트 용병단에 속하면서 의뢰 같지 않은 자잘한 일들을 해결하고 다녔던 게 일거리의 전부였다.

이렇게 큰 의뢰를 받고 다시 예전처럼 모일 수 있다는 사실 자체만으로도 그들은 든든했다.

딱 한 사람만 더 있었다면…….

"단장도 같이 있었으면 좋았을 건데."

어느새 그 커다란 빵이 뱃속으로 사라졌다.

음식을 다 먹었기 때문인지, 아쉬움 때문인지 베이그는 입맛을 쩝쩝 다셨다.

"이제 단장은 우리와 함께할 수 없다."

"왜?"

베이그의 되물음에 토르는 가슴속에 묻어뒀던, 차마 꺼내지 못한 생각을 꺼내 들었다.

"……적이니까."

"정말?"

"그래. 다음에 만나면 싸워야 돼."

눈을 동그랗게 뜨며 베이그가 더부룩하게 나온 배를 쓰다듬었다.

"……체할 것 같아."

"그러게 작작 처먹지."

토르는 눈앞에 펼쳐진 산맥을 바라봤다.

위쪽으로 견고하게 지어진 성이 보였다.

철옹의 왕국, 안데르센.

그곳을 뚫는 게 첫 번째 관문이었다.

"안톤 제국과도 싸워봤는데. 저 정도쯤이야."

토르의 발이 앞으로 나아갔다.

그를 중심으로 다른 단원들 역시 안데르센 왕국을 향해 걸음을 옮겼다.

수천의 병사가 그 뒤를 따랐다.

"가자."

챙ㅡ

드디어 검이 뽑혔다.

"전쟁이다."

*　　　*　　　*

쿠룩— 쿠르르륵—

키에에에엑—!

"이 미친 연놈들은 뭐냐?"

루슬릭은 카사크의 양손에 각각 목덜미를 잡혀온 두 남녀를 보며 물었다.

괴기스러운 울부짖음을 내뱉는 둘은 검은자위가 없는 눈과 퍼런 피부를 가지고 있었다.

누가 보더라도 정상과는 거리가 먼 모습이었다.

"주워왔소."

"아니, 그러니까 어디서?"

"길 가다가……."

"아니, 그니까 이 새끼들은 뭐냐고."

크아앙—!

퍽—!

하얀 이를 드러내며 울부짖는 여자의 얼굴을 루슬릭이 후려쳤다.

키아아아오—!

"어? 안 쓰러지네?"

"제압하는 데 애 좀 먹었소. 다른 건 모르겠는데 맷집 하나는 끝내주는 놈들이라……."

"이거 혹시 그거 아니야?"

뻐억—!

다른 한쪽의 남자의 얼굴을 후려치며 루슬릭이 재차 확인을 마쳤다.

캬아아아악—!

"맞네. 좀비."

"……꼭 확인을 그렇게 해야겠소?"

"손맛으로 확인하는 게 가장 확실하잖아?"

"확실하게 하려면 마법사를 부르는 게……."

"아니, 부를 필요 없어. 미친 연놈들 아니고, 좀비 맞아."

두 남녀는 아무리 봐도 기사나 용병처럼 단련된 몸으로 보이지 않았다.

몸이나 옷차림이 평범한 농민과 그 마누라, 그 이상의 특이점은 보이지 않았다.

특이한 점이라고는 피부가 비정상적일 정도로 질기다는 것이다.

그리고 그것은 흔히 흑마법사들이 생체 실험을 거쳐 만들어낸 좀비라는 존재와 같았다.

"보통 놈들은 아니네. 좀비까지 만들어내고."

"이런 놈들이 길거리에 버젓이 다니면 골치 아프긴 하겠소. 칼도 제대로 안 들어가는 놈들이니."

그리 세게 친 건 아니었지만 루슬릭의 주먹은 보통 사람이 맞으면 정신을 잃고도 남을 만큼 강했다.

그런 주먹에도 멀쩡하다는 것은 그만큼 튼튼한 몸을 가지고 있다는 뜻이었다.

더군다나 일반적으로 좀비는 흑마법사가 주입한 에너지로 인해 질긴 가죽을 가지고 있었다.

어지간한 병사의 검은 제대로 들어가지도 않을 내구성이었다.

"가능하면 빨리 잡아. 이런 새끼들이 더 설치고 다니면 민심만 흉흉해져."

"단장이 민심 같은 것도 걱정하는 그런 사람이었소?"

"나 욕하는 건 상관없는데, 욕먹는 건 우리 형이잖아. 그 꼴을 어떻게 보냐? 다 처 죽일 수도 없고."

*　　　*　　　*

"문제가 하나 터지니 계속해서 터지는군."

루블 국왕은 질긴 한숨을 입안에서 씹어 삼켰다.

막 대전 회의가 끝난 직후 그는 언제나처럼 아르만 공작과 대면을 하고 있었다.

"어떻게 생각하십니까?"

아르만 공작은 자신만의 대답을 이미 머릿속에 그려놓고

있었다.

하지만 그것을 벌써부터 입 밖으로 꺼내지는 않았다.

먼저 부블 국왕의 대답을 듣고 나서, 자신이 생각한 내답과 비교하여 더욱 현명한 답을 내놓는 것.

그것이 바로 아르만 공작의 방법이었다.

"흑마법사 놈들 짓이겠지."

"그거야 당연하겠지요. 그런데 왜 그놈들이 갑자기 밖으로 나왔는지……."

"단체로 미쳤거나, 믿을 구석이 있거나."

장난처럼 두 가지 경우를 내놓았지만 둘 다 무시할 수 없었다.

흑마법사들은 원래부터 미쳐 있는 존재.

하지만 그들 사이에서도 엄연한 서열과 법이 존재했다.

어떤 이유로 어떻게 움직일지 전혀 예측하지 못할 존재들이니 미친 척하고 움직였다고 봐도 전혀 이상할 게 없는 것이다.

"하지만 역시 믿을 구석이 있으니 움직인 것이겠지."

"그렇겠죠."

여기까지는 아르만 공작의 생각과 같았다.

"그게 누구라고 생각하십니까?"

"안톤 제국."

아르만 공작은 흐뭇한 표정을 지었다.

루블 국왕이 자신과 같은 대답을 내놓은 것이다.

하지만 마냥 웃을 수만은 없는 상황이었다.

웃고 넘기기엔 현재 닥친 상황이 그리 좋지 않았다.

"어디까지나 추측이긴 합니다만, 제 의견도 같습니다."

"물증이 있을 리 있나. 안톤 제국에서 움직인 일인데."

꺼림칙한 표정을 지우지 못하는 루블 국왕이었다.

안톤 제국의 움직임으로 보아 가까운 시일 내에 일을 터뜨릴 것 같긴 했다.

이번 일 역시 시기적으로 보면 안톤 제국에서 움직인 것으로 생각하기 적절했다.

하지만 움직인 대상이 하필이면 흑마법사들이라니.

"흑마법사라… 민심 한번 흉흉하겠군."

"민심만큼 건드리기 쉽고 타격이 큰 게 또 어디 있겠습니까?"

"듣고 보니 그렇군."

제라스 왕국 각지에서, 흑마법사의 작품으로 보이는 좀비들이 출현하고 있었다.

좀비라는 존재는 병사 몇 명만 있어도 제압할 수 있지만 일반인의 기준에서는 공포의 대상이었다.

실험체인 사람만 있으면 좀비를 만들기란 흑마법사에게

그렇게 어려운 일이 아니었다.

그런 점에서 민심을 건들기에 그만큼 손쉬운 방법도 없었다.

"제라스 용병단도 그렇고, 되는 일 하나 없군."

그러면서 루블 국왕이 아르만 공작을 향해 눈짓을 보냈다.

이야기할 만큼 했으니, 이제 해결책을 내놓아보라는 뜻이었다.

"크흠. 지금 안톤 제국과 부딪히기엔 시기상조입니다."

"저들이 먼저 움직였는데도 말인가?"

"물증이 없지 않습니까? 설사 있다고 해도, 먼저 싸움을 걸어오는 쪽은 저희가 아닌 안톤 제국이어야 합니다."

"이유가 뭔가?"

"명분입니다. 저희가 먼저 싸움을 거는 형태가 되면, 다른 왕국의 도움을 받기가 어려울 수 있습니다."

가장 골치 아픈 부분이었다.

안톤 제국은 하나지만, 다른 왕국은 하나가 아닌 다수라는 것.

힘의 차이 이전에 결속력에서부터 큰 차이가 있었다.

"머리 아프구만."

"우선 좀도둑 같은 흑마법사 놈들부터 찾아 없애야 합니다. 다음 일은 그 후에 생각해도 늦지 않습니다."

이때까지만 해도 두 사람은 알지 못했다.

늦지 않았다는 생각을 한 시점에서, 이미 많이 늦어 있었다는 것을 말이다.

* * *

"아니, 시발!"

픽—

좀비 하나를 주먹으로 때려잡으며 루슬릭이 신경질적인 욕설을 뱉었다.

"내가 이 해가 중천에 뜬 한가로운 여름날에 좀비나 때려잡아야 한다니……."

숲속까지 도망쳐 온 좀비를 수레에 실어 담으며 루슬릭은 신세를 한탄했다.

좀비가 나타나기 시작한 지 벌써 보름이 지났다.

생각 이상으로 좀비의 출현 빈도는 잦았다.

그중, 이곳 숲 근처 인근 마을은 좀비의 출현이 상대적으로 많은 곳이었다.

루슬릭이 끌고 온 수레에는 벌써 좀비 시체가 한가득 쌓여 있었다.

"한가롭다고요?"

턱—

루슬릭의 옆으로 다가온 파이온이 어깨에 들쳐 메고 있던 좀비 두 구를 수레에 쌓았다.

"오늘 잡은 좀비만 벌써 여덟 마린데, 한가로워요?"

"말투 봐라, 개기냐?"

"전 벌써 보름 째 이 짓 중이라고요!"

서러움이 복받쳐 올라 파이온이 울컥 소리쳤다.

제대로 쉴 시간도 없이 영지 순찰을 다니며 좀비 사냥만 다닌 게 벌써 보름째였다.

그에 반해 루슬릭은 오늘이 처음이었다.

시켜만 놓고 보름 동안 놀고먹기 바쁜 루슬릭을 레바논이 쫓아낸 것이다.

"뭐, 그래도 이 정도면 주머니 꽤 부르겠네."

좀비의 출현은 제라스 왕국은 물론이고 대륙 전역에서 꽤나 동시다발적으로 발생하고 있었다.

거기에 대한 대처는 왕국마다 달랐지만 제라스 왕국은 꽤나 현명한 자세를 취했다.

바로 좀비에게 현상금을 거는 것이었다.

좀비 하나에 꽤나 큰 현상금을 걸어, 좀비를 사냥하는 용병도 꽤 늘어난 추세였다.

더군다나 일반 백성까지도 좀비를 잡아 인생 역전을 생각할 정도였다.

즉, 좀비에 대한 공포를 한층 낮춰주는 효과를 낸 것이다.

꽤나 큰 수레에 쌓여 있는 좀비 시체만 해도 벌써 이십여 구 이상.

이 정도면 포상금 꽤나 넉넉히 받을 수 있을 것이다.

"……저희 용돈이나 좀 주시면 좋을 텐데요."

"먹여주고 재워주는데, 밥값은 해야지. 안 그래?"

문제는 단원들은 아무리 좀비를 잡아봤자 돈이 되지 않는다는 점이었다.

루슬릭의 주머니, 혹은 영지 재정으로 갈취당할 뿐이었다.

"힝, 이러다 피부 다 타겠어."

울먹이는 얼굴로 루나가 수풀 사이를 헤치며 다가왔다.

채찍까지 꺼내 눈앞에 거슬리는 가지들을 쳐내는 그녀는 피부에 생채기라도 날까 조심스러웠다.

"자연 훼손 하지 말고 그냥 와라. 피부에 칼 한두 번 닿아봤냐?"

"자연 훼손이라니? 서방이야말로 자연 재해면서."

"……오늘 애들이 왜 이리 개길까."

"그러게 누가 이런 거지 같은 일을 시키래?"

오늘 처음 하는 일이었지만 이 무더위 속에서 하루 종일 좀비나 찾으러 다니는 일은 정말 할 짓이 아니었다.

루슬릭은 주먹이 올라가는 것을 간신히 꾹꾹 참으며 물었다.

"그래서 찾긴 했냐?"

"응. 대강 이 근처인 것 같아."

"그래?"

뻥—

루슬릭이 신경질적으로 수레를 걷어찼다.

좀비가 무더기로 쌓여 있던 수레가 산 아래로 거친 소리를 내며 내려갔다.

하지만 그 누구도 그것에 신경을 쓰지 않았다.

그보다 훨씬 중요한 것을 찾았기 때문이다.

"후딱 안내해."

*　　*　　*

산턱의 중앙자리.

사람이 거의 다니지 않아 길이라곤 찾아볼 수 없는 가장자리에 이상한 길이 나 있었다.

거치적거리는 나뭇가지가 부러져 있고, 가끔 쓰러진 나무가 보이기까지 했다.

"이게 무슨 흔적이지?"

부자연스러운 흔적이 파이온이 길을 자세히 바라봤다.

산짐승의 흔적이라기엔 너무 크고, 인간의 흔적이라기엔 거칠었다.

"루나 이년이 별 환장을 다하고 돌아다녔네."

"왜! 이런 거라도 없으면 나 길 못 찾는단 말이야."

"길치인 게 자랑이냐?"

여기저기 나 있는 흔적은 루나가 채찍을 후리며 만들어낸 흔적이었다.

한숨을 푹 쉬며 루슬릭이 손가락 끝으로 바닥을 가리켰다.

"여기 보면 무슨 생각 드냐?"

루나는 대답하지 못했다.

"아무 생각 안 들어?"

"응."

"멍청아, 나 니들 어디 있는지 찾았으니 딱 기다려라. 이런 느낌 안 들어?"

"······아!"

한참 뒤에 감탄사를 터뜨리는 루나를 보며 루슬릭이 지끈 거리는 머리를 부여잡았다.

"에라이······."

"헤헤. 그럴 수도 있지, 뭐."

지난 보름간 루나는 흑마법사들을 찾아 돌아다녔다.

비교적 좀비의 출현 빈도가 잦은 근방 마을을 중심으로 몸을 숨길 만한 산 언저리를 찾다가 보름 만에 흑마법사들이 숨어 있는 위치를 찾아낸 것이다.

루나는 싸움도 싸움이지만 이렇게 숨어 있는 적을 찾아내는 추적에도 꽤 일가견이 있었다.

과거 안톤 제국에서 흑마법사들과 일이 있었을 때도 루나가 그들의 위치를 찾아내 공헌을 한 전적이 있었다.

이번에도 그때와 마찬가지로 훌륭히 흑마법사들을 찾아주었지만, 루슬릭은 기본적인 사실을 잊고 있었다.

루나의 추적술은 어디서 배운 게 아니라 오로지 감에 의지한, 짝퉁이라는 것을 말이다.

루슬릭은 루나가 곱게 만들어놓은 길을 따라 움직였다.

루나는 자신이 잘못한 게 있다는 사실에 루슬릭의 눈치를 보며 조용조용 뒤를 따랐다.

그렇게 계속 걷다 보니 어느새 길이 중간부터 사라져 있었다.

"괜한 걱정이었나?"

걸음을 뚝 멈춘 루슬릭이 위를 바라봤다.

휘리리릭―

팅―

낌새를 눈치챈 루나와 파이온이 각자 무기를 꺼내 들었
다.

 루슬릭은 하얗게 웃으며 손가락을 뚜둑 꺾었다.

 "반갑다, 개새끼들아."

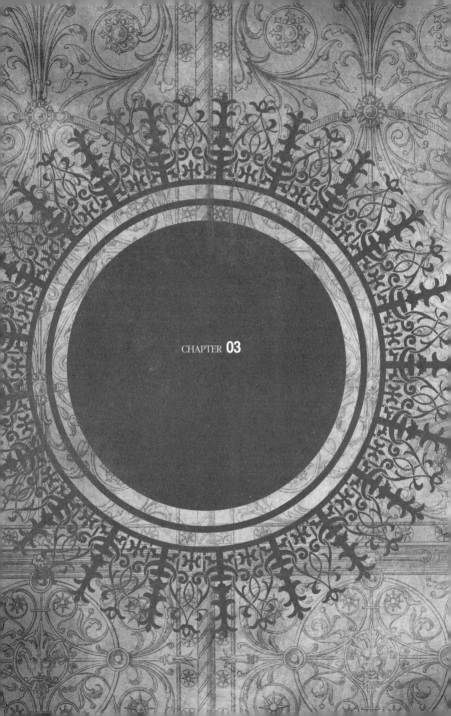

CHAPTER **03**

　햇불 몇 개로 빛을 밝힌 어두운 동굴 속에는 산짐승이 아닌 패나 많은 사람이 살고 있었다.

　이런 곳에 사람이 살고 있다는 것만 해도 이상한 일인데 더욱 이상한 점은 그들의 행동이었다.

　로브를 둘러쓰고 있는 사람들은 몇 명씩 무리를 지어 한 사람의 시체에 칼을 대고 있었다.

　동굴 속은 무언가를 실험하기 위한 실험소와 같은 용도로 사용된 지 오래였다.

　흑마법사의 실험실.

오래전부터 산짐승의 보금자리로 사용되어 왔던 이곳은 이제 좀비를 만드는 흑마법사들의 공간이 되어버렸다.

"불청객들이 찾아왔습니다."

음침한 검정색 로브를 입은 전형적인 마법사.

그는 눈앞의 사내를 보며 고개를 푹 조아렸다.

"불청객?"

기분 나쁘게 생긴 검은색 고양이를 쓰다듬고 있던 흑마법사는 수하의 보고에 기분 나쁜 목소리로 되물었다.

"그런 걸 왜 나에게까지 보고하지? 알아서들 할 것이지, 쯧."

"그게… 보통 놈들이 아닙니다."

"몇 놈인데 그러지?"

"그게… 수는 세 명밖에 안 되는데…….."

키아아옹―!

검은 고양이가 벌떡 일어나더니 거칠게 울었다.

그것은 흑마법사의 기분을 대변해 주는 신호였다.

로브 사이로 가려진 그의 표정이 어떨지 수하 마법사는 짐작할 수 있었다.

"셋이라… 지금 장난하느냐?"

"하, 하지만 정말 보통 놈들이 아닙니다. 이걸 보십시오."

수하 마법사가 흑마법사에게 수정 구슬을 내밀었다.

거기에는 바깥에서 싸우고 있는 다른 수하 흑마법사들의 모습이 비치고 있었다..

흑마법사는 고양이를 쓰다듬던 손을 멈추고는 수정 구슬을 받았다.

잠시 구슬 속을 보던 흑마법사가 조금 화가 가라앉은 목소리로 말했다.

"……보통 놈들이 아니긴 하군."

그의 목소리가 화 대신 진지함으로 바뀌었다.

수정 구슬을 통해 얼핏 확인한 적들의 실력이 범상치 않았기 때문이다.

"그걸 꺼내라."

"그걸 말입니까?"

깜짝 놀란 수하 마법사가 되물었다.

흑마법사는 수정 구슬을 바닥에 내려놓고는 다시 고양이를 쓰다듬기 시작했다.

"아무렴, 사람보다는 언제든 만들 수 있는 도구가 이용하기 편하지."

*　　　*　　　*

콰직―

주먹에 얻어맞은 머리가 터져 나가며 피가 솟아올랐다.

그럼에도 신기한 점은 루슬릭의 주먹에는 피 한 방울 묻어 있지 않다는 것이었다.

"아, 역시 주먹으로 패야 짜증이 풀린다니까."

흑마법사들은 루나의 흔적을 발견하고는 도망가는 대신 역으로 침입자를 공격하는 방법을 택했다.

그럴 만도 했다.

생각 이상으로 흑마법사들의 수가 많았다.

더군다나 수준도 그리 낮지 않아, 어지간한 정규군이 아니고서는 이런 지형에서 흑마법사들의 토벌은 꿈도 꾸지 못할 것 같았다.

물론, 루슬릭이나 다른 단원들은 어지간한 정규병 수준이 아니었지만 말이다.

퍼억, 콰직―!

퍼퍼펑―!

여기저기서 날아드는 마법들을 피하며 루슬릭은 빠르게 움직였다.

흑마법사들의 마법은 일반 마법사들과는 달리 조금 탁한 색을 띠고 있었다.

힘을 내게 만드는 일반 마법과는 달리 반대로 저주를 내려 힘을 빠뜨리게 하거나, 불이나 얼음 계열의 원소 마법조차 검고 탁한 느낌이 있었다.

하지만 루슬릭은 공격 마법을 순식간에 피해내고 저주도 먹혀들지 않아 하나마나였으니 싸우는 입장에서는 정말이지 죽을 맛이었다.

퍼억—

"큭, 걸렸군."

배가 꿰뚫린 흑마법사가 고통스러운 표정을 지으며 루슬릭의 팔을 꽉 부여잡았다.

퍼퍼퍼퍼펑—!

흑마법사의 몸이 부풀어 오르고 곧장 큰 폭발이 일어났다.

흑마법 계열에서 위력 하나만은 최고라고 평가되는 자폭 마법이었다.

아무리 정상인과는 사고구조가 다른 흑마법사라 하더라도 죽음을 각오한 마법을 사용하기란 쉽지 않은 일이었다.

흑마법사가 일으킨 폭발은 반경 오 미터 이내를 쑥대밭으로 만들 만큼 컸다.

"한 놈은 처리했다! 이제 두 놈만 더……."

촤아악—

"죽긴 누가 죽어?"

"저 인간이 죽으면 내 손에 장을 지진다."

화르르르륵—

"쓰벌, 독한 새끼들. 더럽게 뜨겁네."

거뭇거뭇하게 타버린 옷을 툭툭 털어내며 루슬릭이 눈살을 찌푸렸다.

어느새 그의 손에는 허리춤에 매달고 있던 검이 뽑혀져 있었다.

"몇 놈 남았냐?"

조곤조곤했지만 루슬릭의 목소리는 루나와 파이온에게 확실하게 들렸다.

"셋, 넷, 다섯… 스물 정도 남은 것 같은데요? 단장."

"삼 분 줄게. 열 놈만 알아서들 처리해."

"남은 열 놈은?"

"일 분 안에 처리한다. 기다리고 있을게. 후딱 끝내."

검을 뽑았다는 것부터 짜증 해소보다는 흑마법사를 처리하기로 마음먹었다는 뜻이었다.

삼 분.

루슬릭이 제시한 시간이다.

잔챙이 흑마법사들을 처리하기에 그리 부족하지 않은 시간이기도 했다.

"자."

루슬릭이 먼저 발을 내딛으며 신호를 내렸다.

"뛰어."

*　　　*　　　*

다 타버린 숲에 시체 타는 냄새가 진동했다.

일찌감치 끝을 낸 루슬릭은 루나와 파이온을 기다리고 있었다.

"몸 굳었냐?"

"……흑마법사들 상대는 익숙하지가 않아서요."

"변명 봐라."

루슬릭은 파이온의 등짝을 한 대 때리고는 몸을 돌려 멀리 보이는 동굴 쪽으로 걸어갔다.

더 이상 루나가 만들어놓은 길은 보이지 않았지만 직감적으로 느낄 수 있었다.

흑마법사들에게서 나는 불쾌한 느낌이 동굴 속에서 더욱 진하게 풍겨 왔기 때문이었다.

루슬릭의 표정은 처음 흑마법사들을 상대하러 왔을 때와는 달리 살짝 굳어 있었다.

"그냥 잔챙이 놈들만은 아닌데?"

생각 이상으로 흑마법사들의 수준이 높았다.

더군다나 수적으로도 꽤 많았다.

안톤 제국에서 토벌한 흑마법사들과 비교해도 크게 떨어

지지 않았다.

그 정도 세력이 하츨링 백작령 내에 숨어 있었다니, 한시라
도 빨리 뿌리를 뽑을 필요가 있었다.

루슬릭과 루나, 파이온은 동굴 안쪽으로 발을 들였다.

숲 속에 자리 잡은 동굴의 입구는 대낮임에도 불구하고 어
두컴컴했다.

빛이라고는 한 점 들어오지 않는 동굴은 습하고 기분 나쁜
끈적거림에 불쾌했다.

"꼭 지들 같은 곳에 살아요. 밝고 명랑하게 좀 살지."

"흑마법사랑 밝고 명랑한 거랑 어울리긴 해요?"

"아니. 그런 건 나랑 어울리지."

"그런 분이 툭하면 폭력입니까?"

"잘 안 보인다고 못 때릴 줄 아냐? 뒤질래?"

동굴 속은 빛이 전혀 들어오지 않아 한 치 앞도 제대로 보
기 힘들었다.

계속해서 말을 하지 않으면 서로가 어디에 있는지조차 알
기 힘들 지경이었다.

그나마 루슬릭은 감이 지나치게 좋은 편이라 어디에 뭐가
있는지 알 수 있었지만 루나와 파이온은 아직 일상처럼 움직
이기엔 불편한 감이 있었다.

그때, 멀리 앞쪽으로 몇 개 불빛이 보였다.

양쪽 좌우로 걸려 있는 횃불이었다.

답답한 가운데 빛이 보이자 루나와 파이온은 얼굴을 활짝 펴며 좋아했다.

반면, 루슬릭의 얼굴은 종잇장처럼 구겨졌다.

"아, 쓰벌."

"왜 그래, 서방?"

"니들 저거 안 보이냐?"

루슬릭이 손가락 끝으로 횃불 너머로 살짝 드러난 무리를 가리켰다.

서슬 퍼런 얼굴로 느릿느릿 다가오는 사람의 무더기.

루나와 파이온은 그것이 무엇인지 단번에 알아볼 수 있었다.

"……아, 씨발."

그 고상한 파이온의 입에서 쌍욕이 튀어나올 정도였다.

지난 보름 동안 뙤약볕에 매일같이 잡으러 다녔던 녀석들.

엄청난 수의 좀비가 이곳 동굴에 쌓여 있었던 것이다.

"와, 여기 안 왔으면 저것들 하나하나 잡으러 다녔어야 되는 거였어요? 이거 시발 끝내주네."

"그치?"

"그냥 여기서 싹 쓸어버리죠."

"동감이야. 징글징글하다, 저것들."

루나와 파이온이 가장 먼저 눈에 불을 켜고 무기를 꺼내 들었다.

루슬릭 역시 좀비라는 것들이 짜증나긴 했지만 루나, 파이온만큼은 아니었다.

그간 보름 동안 두 사람이 얼마나 힘들었는지 알 수 있었다.

'그나저나 많긴 더럽게 많네.'

대체 끝이 어딘지 알 수가 없었다.

드러난 좀비의 수만 해도 어림 잡아 백은 넘어 보였다.

더군다나 어둠에 가려져 있어 그 뒤로 얼마나 되는 좀비가 걸어오고 있는지 가늠하기도 힘들었다.

"이것들 다 잡아다 팔면 성 한 채는 사겠군."

좀비들을 돈으로 보며 루슬릭이 검을 뽑아 들었다.

아무리 좀비의 몸이 질기다 해도 루슬릭의 검에 꿰뚫리지 않을 정도는 아니었다.

오히려 그런 점에서만큼은 좀비가 보통 사람보다 상대하기 쉬웠다.

좀비란 일반 병사를 상대하기엔 더없이 좋은 무기지만, 루슬릭이나 그 단원들처럼 뛰어난 검사를 상대하기엔 걸어 다니는 인형 이상의 가치를 지니지 못했다.

텅—

가장 먼저 루슬릭이 좀비들 사이로 파고들었다.

그 뒤를 파이온과 루나가 각각 무기를 휘두르며 따랐다.

쉬이익—

썩—

"응?"

루슬릭의 검이 좀비 하나의 허리에 박혔다.

그대로 허리를 양단해 옆쪽의 다른 좀비까지 베어버릴 작정이었던 루슬릭은 조금 놀란 표정을 지었다.

촤라라락—

푸욱—

"어라?"

"뭐야, 이것들?"

그것은 루나와 파이온 역시 마찬가지였다.

파이온의 창은 좀비 하나의 몸을 꿰뚫는 게 고작이었고, 루나의 채찍은 좀비의 몸에 상처를 입히는 게 전부였다.

생각 이상으로 좀비의 몸이 질겼다.

그것은 단 한 번 부딪힌 것만으로도 느낄 수 있었다.

"……이것들 봐라?"

온 힘을 다했던 것은 아니었다.

수적 열세로 밀리는 만큼, 적당히 힘을 분배할 생각으로 휘둘렀던 검이다.

최소한의 힘으로 최대의 효율을.

그것이 루슬릭의 싸움 방식이었고, 다른 단원들에게 가르친 싸움 방식이었다.

하지만 그렇다 하더라도 갑옷을 입은 것도 아니고, 루슬릭의 검에 몸이 양단되지 않은 것은 놀라운 일이었다.

어지간히 잘 만들어진 갑옷 이상.

이 정도로 질긴 피부라면 웬만한 실력의 기사들도 상대하기 어려울 듯했다.

"……이거 진짜 보통 일이 아닌데?"

루슬릭의 표정이 더욱더 굳었다.

이런 놈들이 바깥에 풀려 기성이라도 부린다면 영지가 쑥대밭이 되는 것은 시간문제였다.

크어어어―

"그렇게 굼뜨지도 않고 말이야."

콰드드득―

촤아아악―!

루슬릭이 재차 휘두른 검에 달려들던 좀비들의 목이 우수수 떨어져 나갔다.

이 좀비들은 지금까지 본 일반 좀비에 비해 제법 빠르고 민첩했다.

적어도 보통 사람만큼의 민첩함은 가지고 있었다.

"대충 이 정돈가?"

어느 정도 힘으로 상대해야 할지 대충 감이 오고 있었다.

주위를 둘러보니 루나와 파이온 역시 마찬가지인 듯했다.

파이온의 창은 한 번 찔렀다 하면 좀비를 서넛씩 한꺼번에 꿰뚫었고, 루나의 채찍은 좀비의 목을 조여 끊어버리고 있었다.

처음 생각보다 조금 어렵긴 하지만 그렇다고 큰 변수는 없었다.

하지만 이 정도 좀비 무리면 어지간한 기사단이나 용병단으로는 어림도 없어 보였다.

"응?"

그때, 루슬릭이 좀비를 베어내다 말고 위로 튀어 올랐다.

동굴의 어두운 천장 쪽을 향해 루슬릭이 검을 창처럼 집어던졌다.

그러자 어둠 속에서 한 인영이 좀비들 사이로 피하듯 내려왔다.

"어, 피해 버렸네?"

"큭, 어떻게 알았지?"

"쥐새끼가 위에서 찍찍거리는데 왜 몰라?"

루슬릭이 찾아낸 흑마법사는 앞에서 본 흑마법사들과는 느낌이 조금 달랐다.

"네가 여기 대빵이야?"

"대답해 줄 것 같으냐?"

"아니. 그냥 예의상 물어본 거야. 하도 똘마니같이 생겨서."

별 생각 없이 툭 던진 말에 흑마법사가 발끈했다.

"똘마니라니! 이 몸으로 말씀드릴 것 같으면 제라스 왕국 흑마법사 지부 부지부장 테라칸 님이시다!"

"안 물어봤어, 띨띨한 새꺄. 그리고 부지부장이면 지부장 똘마니 맞지. 아니냐?"

"네 이놈!"

씩씩거리면서도 테라칸은 홧김에 루슬릭을 향해 달려들거나 하지는 않았다.

앞서 흑마법사들과 싸우는 모습이나 좀비들을 상대하는 모습에서 루슬릭의 실력이 보통이 아니라는 것쯤은 이미 눈치채고 있었던 것이다.

그 대신, 테라칸은 자신의 아래에 있는 좀비들을 향해 명령을 내렸다.

"저놈을 죽여라!"

"그러지 말고 직접 덤비지? 가오 상하게 왜 좀비들 틈에 숨어 있어?"

"닥쳐라!"

"그래. 거기 계속 있어라. 그렇게 무서우면 엄마도 불러 줄까?"

살살 속을 긁는 루슬릭의 언변에 루나와 파이온은 질린 표정을 지었다.

"하여간 서 입은 대륙 제일이라니까."

"서방이긴 한데, 진짜 밉상이야."

휘이익—

촤촤—!

"그나저나, 이놈들 대체 끝이 어딜까요?"

"그러게 말이야."

한숨밖에 나오지 않는 상황이었다.

수가 얼마나 되는지 알 수가 없으니, 상대하면 상대할수록 점점 더 빠르게 지쳐 가는 기분이었다.

"야, 똘마니."

서걱—

서걱서걱—

루슬릭이 지금과는 비교도 되지 않는 속도로 빠르게 좀비를 베어 넘겼다.

그는 좀비들 사이를 헤치며 테라칸이 있는 곳으로 다가갔다.

"거기 딱 기다려. 도망가지 말고. 알았냐?"

테라칸은 빠르게 좀비를 베어 넘기며 다가오는 루슬릭을 보며 질린 표정을 지었다.

이곳이 뚫리면 곧장 뒤에는 자신의 상관인 흑마법사 지부장이 있었다.

그곳까지 루슬릭을 보냈다가는 지부장의 성격상 루슬릭이 아닌 그의 손에 죽을지도 모를 일이었다.

무슨 일이 있더라도 루슬릭은 이곳에서 막아내야 한다.

"뭘 그렇게 중얼거리냐?"

어느새 코앞까지 다가온 루슬릭이 무언가를 중얼거리는 테라칸을 향해 검을 쭉 뻗었다.

"반갑다, 똘마니."

"걸렸구나, 이놈!"

콰르르릉―!

천둥이 치는 소리.

하지만 천둥이라면 마땅히 있어야 할 빛이 전혀 없었다.

콰콰콰콰쾅―!

루슬릭은 물론이고, 그 주위에 있던 좀비들이 한꺼번에 휩쓸렸다.

흑마법은 고위 마법일수록 더욱 탁한 검은색을 띠곤 했다.

마땅히 밝아야 할 천둥마저 검다면 그 수준이 상당하다는 것을 의미했다.

살상력에 있어서만큼은 일반 마법보다 위력이 월등한 흑마법이다.

더군다나 원소 계열의 최고라는 마법이 번개를 뿌리는 마법이었다.

강철도 태워 버릴 위력.

이 정도 마법을 사용한다는 것은 테라칸의 수준이 꽤나 높다는 것을 의미했다.

"자신만만하더니, 고작……."

"아, 쓰벌. 또 탔네."

턱―

어느새 뒤로 돌아온 루슬릭이 테라칸의 목덜미를 낚아챘다.

"커억!"

"이번엔 진짜 짜릿했다. 기분 더럽네, 이거."

"커컥. 어, 어떻……."

"네놈 손가락이 빠르겠냐, 내가 빠르겠냐? 그래도 칭찬해 줄게. 좀 따갑긴 했어."

콰드득―

테라칸의 목이 기괴하게 꺾여 나가며 눈이 돌아갔다.

테라칸의 죽음과 동시에 한자리에 모여 있던 좀비들이 목표를 잃고 방황하기 시작했다.

좀비들을 조종하는 숙주 역할을 테라칸이 하고 있던 모양이었다.

명령이 사라졌으니, 좀비들은 다시 보통 좀비처럼 느릿느릿 걷기 시작했다.

"훨씬 쉽네."

퍼억—

파이온의 창대가 좀비 하나의 얼굴을 박살 냈다.

목표를 잃고 굼떠진 좀비들은 처리하기에 그리 어렵지 않았다.

"이 새끼가 똘마니라고?"

루슬릭은 손에 잡고 있던 테라칸의 시체를 구석에 휙 던져 버렸다.

실력이라면 안톤 제국에서 본 어느 흑마법사에게도 뒤지지 않는 녀석이었다.

더군다나 좀비 수백 구의 숙주 노릇을 할 정도면, 그만큼의 능력 역시 갖추고 있다는 뜻이었다.

이런 녀석을 아래로 둘 정도라면 그보다 더 뛰어난 흑마법사라는 뜻이었다.

루슬릭은 동굴 깊숙한 곳을 꿰뚫어 보며 나직이 말했다.

"기다려. 너도 곧 같은 꼴이 될 거야."

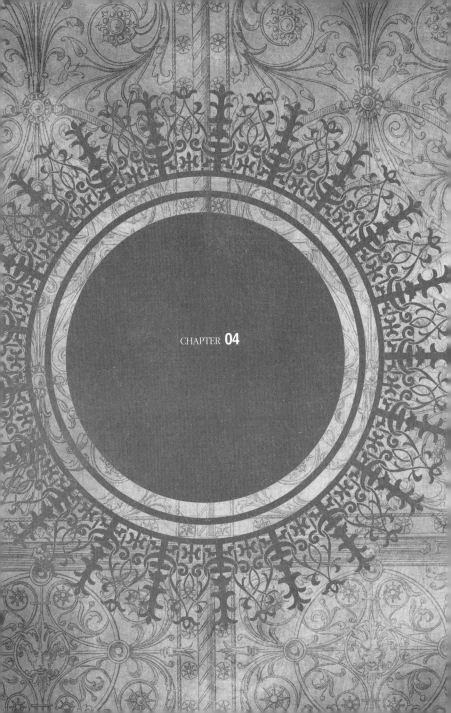

CHAPTER **04**

"허억, 허억."

"아, 나 죽어."

바닥에 철퍼덕 주저앉은 루나와 파이온은 거칠게 숨을 몰아쉬었다.

루슬릭 역시 말은 않지만 꽤 숨이 거칠어져 있었다.

이 정도까지 오래 움직인 게 얼마만인지 기억도 나지 않았다.

족히 세 시간은 넘게 쉬지 않고 움직인 듯했다.

그 시간 동안 세 사람이 쓰러뜨린 좀비의 수만 해도 족히 이천은 됨 직했다.

이미 동굴은 발 디딜 틈 없이 좀비의 시체로 가득 쌓여 있었다.

"미친… 뭐 이리 많이 만들어놨어?"

루슬릭은 속에서 끓는 가래를 이마가 꿰뚫려 있는 좀비에게 뱉어냈다.

토악질이 올라올 지경이었다.

아무리 시퍼렇고 자아가 없는 좀비라지만, 생전엔 멀쩡한 사람이었던 자다.

그것도 이런 지저분한 세상과는 전혀 상관없는, 평범한 가정의 가장이고 엄마였을 사람들.

그런 이들을 이렇게 잡아다가 좀비로 만들다니, 도저히 멀쩡한 생각을 가진 사람이 할 짓이 아니었다.

"좆같은 새끼들. 니들은 내가 반드시 잡아다 죽인다. 시팔."

움직이는 데 걸리적거리는 좀비 시체들을 발로 쳐 내며 루슬릭이 동굴 깊숙이 들어가려 할 때였다.

"안 오냐?"

루나와 파이온은 지친 나머지 아예 바닥에 대자로 뻗어 있었다.

"좀… 쉬죠."

"우린 서방이 아니거든?"

세 시간 넘게 쉴 새 없이 무기를 휘두르고 격하게 움직였으니 지칠 만도 했다.

루슬릭의 체력이 다른 사람에 비해 비정상적일 만큼 넘쳐나는 것이지, 두 사람의 체력이 떨어지는 게 아니었다.

"쯧. 하여간 요새 너무 편하게만 지냈어. 그거 조금 움직였다고 벌써 지치냐?"

"누가 뭐래도 난 쉴 거야."

"그럼 여기 있든가. 금방 끝내고 올게, 기다려."

루슬릭은 미련 없이 돌아서 동굴 안으로 걸어갔다.

그런 루슬릭을 루나와 파이온은 굳이 잡지 않았다.

루슬릭이라면 혼자 보낸다 해도 적어도 위험할 일은 없을 것이라는 믿음 때문이었다.

루슬릭은 동굴 안으로 들어가며 생각에 잠겼다.

'확실히 요새 편하게 지내긴 했어.'

예전 같으면 하루 밤낮을 뛰어다녀도 지치지 않았을 루슬릭이었다.

루나와 파이온 역시 하루 종일 싸우고 뛰어도 지칠지언정 저렇게 뻗진 않았다.

체력적인 문제도 문제지만, 긴장감이나 인내의 문제가 가장 컸다.

편한 환경 속에 오래 있다 보니 그것에 익숙해진 것이다.

"나쁜 건 아니지만."

매일같이 피만 보고 사는 것보다야 훨씬 나았다.

애초에 루슬릭도 그것을 원해 용병을 그만두고 돌아왔던 것이기도 했다.

하지만 아무래도 당분간 그런 편한 생활은 무리일 듯했다.

"몇 년만 더 고생하면 되려나?"

이십 년 고생한 것, 몇 년쯤 더 고생한다고 크게 다르지 않을 것도 같았다.

조금 더 깊게 들어가자, 횃불의 개수가 점점 더 많아졌다.

동굴의 면적은 처음 들어온 입구에 비하면 점점 좁아지고 있었다.

하지만 횃불이 많아지고 공간이 좁아진 만큼 주위는 점점 더 환하게 밝아졌다.

"……쓰벌."

환해진 동굴 안을 확인한 루슬릭의 표정이 사나워졌다.

동굴 속은 온통 사람의 시체로 가득 차 있었다.

돌로 만들어진 실험대 위에 사람의 시신이 여기저기 찢어진 채 올라가 있었다.

그들의 몸엔 정체를 알 수 없는 약물이 투여되고 있었는데,

바보가 아닌 이상 그것이 무엇인지는 금방 알 수 있었다.

"좀비라는 게 이렇게 만들어지는 거였나?"

이렇게 해야 평범한 사람의 피부가 그렇게 질겨질 수 있는지 조금 궁금하긴 했다.

특별한 마법이라도 사용하나 했는데 살을 꿰매고 이상한 약물을 투여해서 만들었다니.

이런 지저분한 과정을 거치는 줄은 전혀 생각하지 못했다.

"구역질 나오는군."

"미개인의 눈에는 그렇게 보일 수 있겠지."

갑작스러운 목소리에도 루슬릭은 놀라지 않았다.

이미 그가 뒤에서 접근해 올 때부터 눈치채고 있었기 때문이다.

"뒤통수라도 까지 그랬어. 뒤지기 싫으면."

"이미 들킨 걸 아는데, 그게 의미가 있나?"

횃불에도 환하게 밝혀지지 않는 어두컴컴한 로브를 뒤집어쓴 흑마법사.

루슬릭은 본능적으로 그가 지금까지 만난 흑마법사들과는 질적으로 다름을 알 수 있었다.

"여기 대빵이 너야?"

"대빵보다는, 수장이라고 말해주었음 하는군."

"씨발. 아래 새끼들 위의 대가리면 대빵이지, 고상한 척은. 퉤."

루슬릭은 목에서 끓어오르는 가래를 뱉으며 손을 탁탁 털었다.

그의 얼굴에 하얀 웃음이 떠올랐다.

진심으로 화가 났을 때 짓는 표정이었다.

그리고 그것은 마주하는 흑마법사 역시 느낄 수 있었다.

"미개하다는 말은 취소해야 할 듯하군."

"이제 알았냐? 등신아."

"자네를 좀비로 만들면 어떤 작품이 나올지 아주 궁금해. 이거, 시험작을 많이 잃어서 내심 아쉬웠는데 좋은 재료를 얻었어."

흑마법사의 말은 미개하지 않은 재료라는 뜻이었다.

애초에 그는 사람을 사람으로서 생각하지 않는 듯했다.

보통 흑마법사들의 사고방식이 일반인과 다르긴 하지만, 그는 그중에서도 특히 심했다.

"역시 니들은… 상종 못할 쓰레기야."

"마음대로 지껄이거라."

흑마법사의 손이 위로 슥 올라왔다.

검은 로브와는 대조적으로 티끌 하나 없는 새하얀 손이었다.

그 손이 주위를 한 번 훑고 지나가자, 주위에 켜져 있던 횃불이 일제히 꺼졌다.

혹—

화끈하게 동굴 안을 데우고 있던 횃불이 꺼지자 어둠과 함께 으스스한 공기가 떠올랐다.

빛이라고는 있을 수 없는 공간.

더군다나 동굴의 구조 때문인지, 아니면 흑마법사가 무슨 수를 쓴 것인지 안은 이상하리만치 차가워져 갔다.

"하여간 잔머리는."

스릉—

루슬릭은 검을 뽑으며 아예 눈을 감아버렸다.

어차피 보이지도 않는 것, 눈은 의미가 없었다.

조금이라도 있다면 모를까, 한 점 빛조차 존재하지 않는 이런 공간에서 시야에 의존하는 것은 바보 같고, 삼류 용병들이나 할 짓이었다.

하지만 루슬릭은 일류.

그것도 최고였다.

퍼억—!

서걱—

루슬릭의 주먹이 누군가의 얼굴을 때렸고, 검은 목을 베었다.

"……또 이 짓거리냐?"

손에서 느껴지는 감촉과 베어낸 느낌.

루슬릭은 자신이 때리고 베어낸 존재가 앞서 상대했던 좀비라는 것을 알 수 있었다.

눈에는 보이지 않지만 이미 루슬릭은 셀 수 없이 많은 수의 좀비에게 둘러싸여 있었다.

앞서 횃불이 사라지기 전, 주위에 누워 있던 좀비들이었다.

"숨지 말고 나오지? 쥐새끼도 아니고 말이야."

"그런 어리석은 짓을 할 것 같으냐?"

"핑계는 시발. 그냥 꼬추 떼라. 남자 새끼가 말이야."

흑마법사의 대답은 동굴을 크게 울리고 있었다.

보통 대답이었다면 소리로 금세 흑마법사가 어디에 있는지 알 수 있었겠지만, 지금은 그러지 못했다.

게다가 루슬릭은 아까와는 달리 흑마법사에게 집중할 여력이 없었다.

좀비가 약하다 해도 시야가 차단된 상태였다.

아무리 루슬릭이라도 집중을 해야 하는 상황인 것이다.

"아, 진짜 귀찮게 하네."

서걱, 서걱—

"……이렇게 된 거, 이 새끼들 다 죽이고 넌 마지막이다."

서걱, 서걱, 서걱—

좀비들의 목이 빠른 속도로 떨어져 나갔다.

루슬릭의 검은 무서울 만큼 정확하게 좀비들의 목을 노렸다.

눈을 감고 있다는 것이 믿기지 않을 정도였다.

거의 본능에 가까운 움직임이었다.

굳이 보지 않아도 어떻게 검을 노려야 상대를 죽일 수 있는지 느낄 수 있는 것이다.

그것이 루슬릭의 경지였다.

빠지지지지직―!

"앗, 따거!"

그때, 루슬릭의 머리 위로 검은 전류가 떨어졌다.

동굴 속처럼 완벽한 어둠은 아니었지만 검은 전류는 눈에 제대로 보이지 않을 정도로 검었다.

게다가 좀비들과 싸우고 있던 루슬릭은 마법을 완벽히 피해내지 못했다.

"아오, 쓰벌. 개새끼가 치사하게. 야, 남자 새끼면 맞짱을 까든가, 사람도 아닌 짐승 새끼들 뒤에서 쪽팔리게 뭐하는 짓이냐?"

"치사한 게 아니다. 합리적인 것이다."

"그거나 이거나. 아오, 젠장."

불평을 하면서도 루슬릭의 검은 계속해서 움직이고 있었다.

전류에 감전되어 몸이 조금 뻣뻣해진 느낌이긴 했지만 치명상은 아니었다.

루슬릭의 회복력을 생각해 볼 때, 조금만 시간이 주어지면 금방 회복될 것이다.

물론 흑마법사가 가만히 있을 때 이야기였다.

"고생하는군."

그어어어어—

"……아, 진짜. 사람 빡치게 하네."

쓰러졌던 좀비들이 다시 일어났다.

목을 베어냈는데, 어떻게? 하고 생각할 수도 있지만 흑마법사라면 가능했다.

마법사들의 이론적으로 몸을 움직이는 힘은 머리가 아닌 영혼.

죽어 사라진 영혼을 강제로 몸 안에 뒤집어씌운다면 잠깐이나마 살아생전과 같이 움직일 수 있을 것이다.

"내, 내가 왜 여기 있는 거지?"

"어두워. 아무것도 안 보여."

"누구요? 여긴 어딥니까?"

"분명 아까까지만 해도 아들놈이랑 놀아주고 있었는데……."

사람의 목소리.

위가 아닌, 아래에서 들리는 목소리였다.

"……아, 씨발."

흑마법사의 마법으로 인해 좀비로 죽었던 사람들이 다시 멀쩡한 정신을 갖춘 사람으로 부활한 것이다.

목소리가 아래에서 들리는 이유는 루슬릭이 목을 베어서 죽인 덕에 베어진 목이 바닥에 뒹굴고 있기 때문이었다.

다행이라면 동굴 속은 빛 한 점 없어 사람들은 자신이 죽은 상태고, 목이 떨어져 있는 상태라는 것을 자각하지 못하고 있었다.

어쩌면 이것이야말로 진정한 의미에서 좀비라고 할 수 있었다.

다시 부활한 사람들은 목이 떨어져 움직일 수조차 없다.

팔다리를 모두 베어내지 않고서야 멈출 수 없었다.

물론 하고자 한다면 못할 것도 없었다.

하지만 그것은 루슬릭에게 썩 내키지 않는 일이었다.

싸울 이유가 없는, 그것도 타인에 의해 강제로 싸워야 하는 사람들.

싸움이라고는 티끌만큼도 모르는 사람들의 팔다리를 베고, 이미 죽었던 사람을 또다시 죽여야 한다니.

"기분 좆같네."

루슬릭은 검을 내렸다.

사방에서 달려들던 좀비들이 일제히 루슬릭은 덮쳤다.

머리가 남아 있던 좀비들은 누런 치아를 벌렸고, 머리가 떨어져 있던 사람들의 몸은 흑마법사의 명령에 의해 루슬릭을 덮쳤다.

그때까지도 루슬릭은 저항하지 않았다.

콰득—

좀비가 루슬릭의 어깨를 물었다.

그렇지 않아도 단단한 치아였다.

피부조차 질긴 좀비의 치아는 강철만큼이나 단단했다.

루슬릭이라 해도 무방비 상태에서 좀비의 치아에 물린 이상 상처가 나지 않을 수 없었다.

"……아프네."

어깨를 타고 끈적끈적한 피가 흘렀다.

루슬릭은 앞쪽에서 달려드는 좀비의 머리를 한 손으로 쥐어 잡았다.

"너한텐 관심 없어, 새꺄."

그때, 루슬릭의 입이 쩍 벌어졌다.

콰드드득—

루슬릭의 치아가 머리가 떨어진 좀비의 어깨를 물어뜯었다.

어지간한 검도 박히지 않는 좀비의 피부였다.

하지만 루슬릭의 턱과 치아는 검조차 박히지 않는 좀비의 피부를 뚫고 들어갔다.

"퉤엣."

입 안에 묻은 좀비의 피를 거칠게 뱉어내며 루슬릭이 동굴 한쪽을 응시했다.

"찾았다."

텅—

루슬릭의 몸이 튕겨지듯 떠올랐다.

꽤 높은 동굴의 천장이 순식간에 루슬릭의 손에 잡혔다.

콰과광—!

천장의 동굴이 폭발하며 돌조각이 우수수 떨어졌다.

루슬릭은 텅 빈 손아귀를 쥐었다 펴며 아쉬운 음성을 뱉었다.

"아깝네."

"……어떻게 알았지?"

한 번 드러난 흑마법사의 존재를 루슬릭이 놓칠 리 없었다.

루슬릭은 좀비들 틈에 섞여 있는 흑마법사를 똑바로 응시했다.

보여서라기보다는, 그냥 존재 자체가 어딘가에 있는지를 느끼고 있어서였다.

"그냥 알았어."

"좀비를 깨물어서 말인가?"

"그 좀비를 움직이는 게 너잖아, 떨떨아."

흑마법사는 혼란스러운 머릿속을 정리했다.

말이 안 되지는 않았다.

이미 죽은 좀비를 움직이기 위해서는 자신의 힘을 쓸 수밖에 없었고, 루슬릭은 좀비를 통해 그 힘의 출처를 쫓은 것뿐이다.

하지만 평범한 검사로서 그것을 알 방법이 있을 리 없었다.

흑마법사 자신보다 더 뛰어난 고위의 마법사라면 모를까.

그런데 루슬릭은 그 생각을 깨뜨렸다.

좀비의 몸을 이빨로 깨물어 몸속에 흐르는 흑마법사가 주입한 힘을 강제로 끄집어낸 것이다.

정신이 똑바로 박힌 사람이라면 상상도 할 수 없는 일이었다.

"……제정신이 아니군."

"이십 년 넘게 피만 보고 살아봐. 제정신으로 버틸 수 있나."

서걱—

루슬릭은 발바닥 밑에서 떠드는 사람들의 절규를 애써 무시했다.

그들 역시 바보가 아니었다.

자신들의 상황과 루슬릭과 흑마법사의 대화.

  그리고 좀비들의 울부짖음을 통해 이미 자신의 상태가 정
상이 아님을 알아차린 것이다.

  "넌 뒈졌어, 씨발아."

                    *   *   *

  "서방이 늦네."

  "단장이 늦네요."

  루나와 파이온은 동시에 서로를 돌아봤다.

  슬슬 체력이 회복된 두 사람이었다.

  그들이 움직이지 않은 것은 루슬릭이 금방 돌아올 것이라
는 생각 때문이었다.

  깊어봤자 동굴이고, 상대가 누구건 루슬릭이라면 금방 해
결할 수 있을 것이라 생각했다.

  하지만 그런 두 사람의 생각은 보기 좋게 빗나갔다.

  원래의 예상보다 훨씬 늦어지고 있었다.

  "너 호모냐?"

  "……무서운 소리 마요."

  "농담이야. 실없긴."

  슬슬 일어나서 찾으러 가야겠다 싶을 때쯤이었다.

"저기 오네요."

멀리 동굴 속에서 걸어 나오는 사람.

루슬릭을 오래 보아온 두 사람은 형체가 막 보이기 시작하자 그가 루슬릭임을 알 수 있었다.

"누굴 업고 오는데요?"

"다쳤나? 피나는데?"

"에이, 설마요. 단장이 언제 피 흘리는 거 봤어요?"

"하긴. 걱정했다 하면 항상 다른 놈 피 묻히고 오는 거였지."

두 사람은 일어나서 루슬릭에게로 걸어갔다.

점점 더 가까워지자, 루나와 파이온은 루슬릭의 몸에 흐르는 피가 다른 사람의 것이 아님을 알 수 있었다.

"서방, 진짜 다쳤어?"

"왜 그리 놀라? 칼질하다 보면 다칠 수도 있는 거고, 죽을 수도 있는 거지."

"아니… 뭐… 그렇긴 한데."

루나는 루슬릭이 다친 어깨 부위를 자세히 바라봤다.

다칠 수밖에 없는 환경 속에서 오래 살다 보니 그녀는 이런 상처를 보는 법도 꽤 아는 편이었다.

"물렸어?"

"응, 좀비."

"왜 그런 놈들에게?"

퍽—

그녀의 물음에 루슬릭은 어깨에 들쳐 메고 있던 흑마법사를 거칠게 내동댕이쳤다.

"크억!"

"이 새끼 때문에."

루나와 파이온은 루슬릭이 내동댕이친 노인을 바라봤다.

얼굴이 온통 검버섯으로 가득 차 흉측할 정도인 노인.

게다가 그에게선 다 썩은 시체 같은 냄새가 풍겼다.

"뭐야, 이 영감은?"

"흑마법사지, 뭐."

"그럼 죽이지, 왜 살려뒀어?"

"벌써 감 죽었냐? 원래 윗대가리는 사로잡아 두면 써먹을 데가 있어."

그 말을 끝으로 루슬릭이 다리를 들어 올렸다.

콰직—

"끄아아아아악!"

흑마법사가 찢어질 듯 입을 벌리며 고통스러운 비명을 질렀다.

맨 정신에 발로 짓밟혀 다리뼈가 작살나니 아프지 않을 리 없었다.

아무리 단련된 사람이라도 견디기 힘든 고통이었다.

특히나 흑마법사들은 한 평생 방구석에서 연구만 해온 이.

그들은 작은 생채기 하나조차도 익숙하지 않았다.

"다, 당장 날 놓아주지 않으면 저주를 면치 못할……."

"저주고 뭐고, 넌 일단 좀 맞아야겠다."

콰직, 콰드득—

"끄아아아악!"

루슬릭은 흑마법사의 몸 구석구석을 부러뜨렸다.

고통스럽지만 죽지는 않을, 지독한 고문이었다.

손가락, 발가락과 다리, 팔목.

치명적이지는 않지만 지극히 고통스러운 뼈 마디마디.

그 모습을 보며 루나와 파이온은 루슬릭이 꽤나 많이 화가 나 있다는 것을 알 수 있었다.

"그, 그만! 끄아아아악!"

"끝났어, 병신아. 엄살떨지 마."

루슬릭이 몸을 낮춰 흑마법사와 눈높이를 맞췄다.

이미 팔다리가 으스러진 흑마법사는 제정신이 아니었다.

그저 언제 다시 루슬릭이 자신을 괴롭힐지 몰라 불안해했다.

"그냥 죽고 싶지?"

아무런 표정 없이 물을 말은 아니었다.

협박도 아니고, 권유도 아니고, 그저 순수한 궁금증.

이런 경우 반응은 둘 중 하나였다.

어떻게 해서는 살고 싶거나, 차라리 편히 죽고 싶거나.

"……차라리 죽여라."

"죽여주세요. 아니냐?"

뚜두둑—

"끄아아아악!"

하나 남은 손가락을 뒤틀자 흑마법사가 고개를 떨궜다.

"주, 죽여주십시오."

"옳지. 그런데 내가 말이야, 좋은 놈은 맞는데 그리 착한 놈은 아니야. 너처럼 사람 같지 않은 개새끼를 친절히 죽여줄 만큼 착하지는 않아."

꿀꺽—

루슬릭의 손길이 흑마법사의 팔을 우악스럽게 붙잡았다.

조금이라도 힘이 들어가면 그대로 으스러질 팔이었다.

그리고 그 순간 어떤 고통이 밀려들지, 상상만으로도 끔찍했다.

"원하는 게 뭐지?"

"뭐지? 반말이냐? 일단 한 번은 봐줄게. 어렵지 않아요. 그냥 묻는 거에 순순히 대답만 하면 돼. 근데 내가 원하는 대답이 안 나오면, 그땐 이 팔이 무척 안타까워질 거야."

한두 번 해보는 일이 아니었다.

어떻게 해야 죽지 않고 고통을 줄 수 있는지, 어떻게 해야 원하는 대답을 들을 수 있는지.

루슬릭은 전쟁터에서 여러 정보를 캐내기 위해 고문이라는 간단하면서도 효율적인 방법을 익혔다.

비록 비인간적인 행동일지라도 말이다.

"뭐, 뭐냐?"

"어려운 대답 아니야. 어차피 죽을 것, 대가리에 들어 있는 거 다 알려주면 돼."

싱글벙글 웃던 루슬릭이 흑마법사의 턱을 틀어잡더니 하얗게 치아를 번뜩였다.

"더 윗대가리 있지? 누구냐?"

흑마법사의 눈이 굴러갔다.

대답을 해야 하나, 말아야 하나 갈등하는 눈치.

꽈아악—

"대답 안 하냐?"

"꾸윽."

턱주가리를 조여오는 루슬릭의 손아귀 악력에 흑마법사가 몸을 부르르 떨었다.

한동안 고통에 몸부림치던 흑마법사를 놓아주며 루슬릭이

재차 물었다.

"자, 다음 기회야. 이번부턴 봐주는 거 없어. 마지막도 없고. 넌 모르겠지만 사람 몸뚱이엔 부러뜨릴 뼈도 많고, 도려낼 살도 많거든. 자, 다시 묻는다."

루슬릭의 손가락이 흑마법사의 눈으로 향했다.

"윗대가리 누구냐?"

이번 물음에 결국 흑마법사는 입을 열었다.

"아, 아, 아······."

그때였다.

꾸득, 꾸드드득―

"끄아아아아아악!"

지독한 비명.

방금 전 루슬릭이 고문을 했을 때보다 더 심한 비명이었다.

올록볼록 피부가 붉게 올라오는 흑마법사의 얼굴로부터 루슬릭은 손을 떼어냈다.

"이건 뭐야?"

"끄아아아아아악!"

펑―

투두두두둑―

흑마법사의 머리가 부풀어 오르다 터져 살점이 사방으로

튀었다.

루슬릭은 옷에 묻은 살점을 툭툭 털어내며 눈살을 찌푸렸다.

"가지가지 한다, 정말."

"……이거 뭐야?"

"뭐긴. 보는 그대로지."

키워드.

흑마법사들이 주로 사용하는 방법 중 하나였다.

어떤 특정한 단어를 말하고자 하면, 극심한 고통과 함께 머리가 터져 나가 죽는 마법.

보통 마법사들에게는 절대적으로 금지되어 있는, 흑마법사들이 사용하는 악랄한 마법 중 하나였다.

"진짜, 지랄도 좆같은 것만 골라서 하네."

"그런데 서방, 무슨 소리야? 윗대가리가 더 있다니?"

루슬릭은 이제는 몸만 남은 흑마법사를 보며 중얼거렸다.

"아무리 생각해도 이놈들이 끝일 것 같진 않단 말이지."

다른 이유가 있지는 않았다.

하지만 루나는 루슬릭의 대답에서 심각성을 느꼈다.

아예 어떤 이유가 있어서 여기가 끝이 아니라고 했다면 그런가 보다 했을 것이다.

루슬릭은 그런 머리 쓰는 일 쪽으로 유능하다고 볼 수 없었으니까.

하지만 루슬릭의 감은 결코 무시하지 못할 무언가를 가지고 있었다.

특히나 이번과 같은, 불길한 예감은 꼭 틀린 적이 없었다.

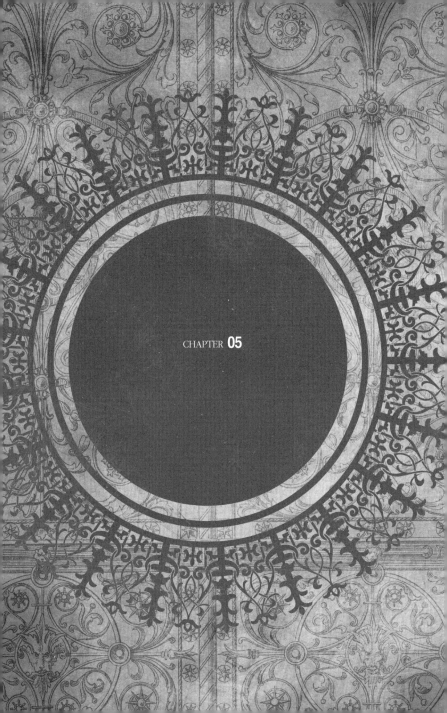

CHAPTER **05**

"그러니까, 그놈들이 설치던 곳이 한두 군데가 아니었다
고?"

다시 영지로 돌아온 루슬릭은 레바논이 전해준 소식에 어
이없다는 표정을 지었다.

예상은 했지만 진짜였다.

흑마법사들이나 좀비가 등장하는 지역은 굳이 하츨링 백
작령으로 구속되어 있지 않았다.

레바논이 알기로만 제라스 왕국 곳곳.

전 지역에 걸쳐 군데군데 흑마법사들이 만든 좀비가 출몰

하고 있었다.

"그래. 어쩌면 왕국 바깥까지 퍼져 있을지도 모르는 일이지."

"하루 이틀 준비한 게 아닌 것 같은데."

"그렇겠지. 아마도 꽤 오랜 시간, 무척 공을 들였을 게다. 그 많은 좀비를 만들려면 그만큼 많은 수의 사람을 잡아들여야 할 텐데, 제라스 왕국에선 그런 낌새조차 몰랐으니 말이다."

동굴 속에서 만난 천이 넘는 수의 좀비 얘기를 들은 레바논은 치를 떨었다.

그 많은 수의 사람이 납치되어 원하지 않게 좀비가 되었다니.

찻잔을 잡은 레바논의 손이 부르르 떨리며 차가 넘쳐흘렀다.

"형이 그렇게 화낼 필요 없어. 그 새끼들 처죽이는 건, 내가 해."

"미안하구나. 너만 고생시키는 것 같아서."

"뭐, 다른 때면 그놈들이 어디서 뭘 처먹고 뭘 싸지르든 상관없는데, 이건 좀 좆같은 일이거든."

루슬릭은 굳이 안톤 제국과 관련된 문제를 언급하지 않았다.

그는 이번 흑마법사들의 배후를 안톤 제국으로 생각하고 있었다.

오래전, 안톤 제국에서 만난 흑마법사들.

그들의 배후 역시 안톤 제국이었기 때문이다.

'그때는 이렇게 규모가 크진 않았지만……'

아무래도 그때 수면 밖으로 드러난 흑마법사들이 이번 흑마법사들과 같은 패거리가 아니었을까 싶었다.

그렇게 생각하면 연결고리가 척척 맞아 떨어졌다.

'정말 그런 거라면……'

루슬릭은 용병 왕국에 있는 한 사람을 떠올렸다.

"실망이야, 영감."

"응? 갑자기 무슨 소리냐?"

"그냥 그런 게 있어."

안톤 제국과 용병 왕국이 손을 잡은 이상, 이번 일과 용병 왕국을 따로 떼어놓고 보기는 힘들었다.

용병 왕국, 정확히는 용병왕이 원하는 것은 안톤 제국과 함께 대륙 정벌을 이루는 것.

용병왕이 안톤 제국과 손을 잡았다면, 적어도 용병왕만큼은 이번 일에 대해 알고 있을 게 분명했다.

"뭐, 그래도 네 덕에 우리 영지는 흑마법사들에게서 안전하겠구나."

"아마 다른 영지들도 조만간 정리될 거야. 어디 숨어 있는지 찾기 엄청 어려운 것도 아니고, 토벌하려면 못할 것도 없으니까."

"하긴. 그건 그렇군."

"젠장. 마빡을 하도 굴려대니 머리만 아프네."

근래 들어서 안톤 제국과 용병 왕국만 생각하면 머리가 복잡해졌다.

무시하려고 해도 결국 그들이 원하는 것이 대륙 전체, 제라스 왕국이 벗어나 있지 않은 이상 언제고 마주칠 수밖에 없는 일.

게다가 그 과정 역시 썩 마음에 들지 않는 일이었다.

무시하기엔 걸리고, 싸우자니 너무 큰 적인 것이다.

"영주님, 계십니까?"

그때, 레바논의 집무실 문을 레이먼드가 두드렸다.

"들어오거라."

문을 열고 레이먼드가 들어왔다.

"무슨 일이냐?"

"수도에서 국왕 폐하의 손님이 찾아왔습니다."

"수도에서?"

레바논은 깜짝 놀라 자리에서 일어났다.

수도에서 파티나 행사에 관련된 초대장이 날아온 적은 있어도, 이렇게 직접 손님이 찾아온 경우는 없었다.

게다가 그냥 귀족도 아니고 국왕이 보낸 손님이라니.

"대체 누구냐?"

"그게……."

레이먼드가 집무실 밖으로 시선을 돌렸다.

그곳에는 화려한 예복을 갖춰 입은 귀족이 기다리고 있었다.

나이는 이제 마흔쯤 되었을까?

꽤나 깐깐한 인상의 귀족이었는데, 그는 자연스럽게 집무실 안으로 걸음을 옮겼다.

손님을 발견한 레바논이 자리에서 일어났다.

손님의 신분은 정확히 알 수 없지만, 수도에서 찾아온 손님. 그것도 국왕이 직접 보낸 사람이었다.

"어서 오시게."

"그대가 레바논 백작인가? 반갑네. 코막 후작이라고 하네."

후작위.

레바논보다 고작 한 단계 위의 귀족이라고 할 수 있지만, 백작과 후작의 차이는 컸다.

굳이 분류하자면 백작도 대귀족에 속하지만 특히 후작위는 한 나라에 다섯 명 이상 주어지지 않았다.

게다가 수도에서 국왕이 직접 보낼 정도의 후작이라면 제라스 왕국에서 영향력이 다섯 손가락 안에 꼽히는 귀족이라고 할 수 있었다.

　자연스럽게 레바논의 몸이 움츠러들었다.

　"실례했습니다. 어서 오십시오, 코막 후작님. 반갑습니다."

　레바논의 인사의 코막 후작이 빳빳이 고개를 들어올리며 루슬릭을 바라봤다.

　코막 후작을 발견하자마자 자리에서 일어난 레바논과는 달리, 루슬릭은 처음 그대로 다과를 야금야금 집어먹고 있었다.

　"이쪽은 누군가?"

　"제 동생입니다."

　"동생? 무례하기도 하군. 어찌 손님이 왔는데 인사조차 없단 말인가?"

　손님이라고 돌려 말하긴 했으나 코막 후작의 본심은 자신을 무시하는 루슬릭이 괘씸할 따름이었다.

　자신의 이야기가 나오자 루슬릭은 손가락으로 집었던 다과를 입으로 가져가며 툭 내뱉듯 물었다.

　"몇 살이냐?"

　"뭐?"

"아빠 잘 만나서 받은 작위 말고, 처음 보는 사이에 능력 같은 거 따질 필요 없고, 누가 밥을 몇 그릇이나 더 처먹었는지 따져 보자고."

과자를 오물거리며 묻는 루슬릭의 행동은 뼛속까지 귀족인 코막 후작이 처음 겪어보는 무례한 모습이었다.

볼을 부르르 떨던 코막 후작은 끓어오르는 화를 나름대로 억누르며 대답했다.

"서른아홉이다. 그러는 네놈은 몇 살이기에 그렇게 무례하게 나오는 것이냐?"

"무례는 얼어 죽을. 내 나이가 마흔이야, 꼬맹아. 저기 계신 형님은 그보다 밥을 수천 그릇은 더 드셨고. 아빠 잘 만나서 물려받은 계급장으로 나대지 말고, 형님들에게 인사나 다시 해라."

그 말을 끝으로 루슬릭은 다과를 내려놓고 코막 후작을 빤히 바라봤다.

그 모습이 마치 인사 받을 준비를 마친 어른 같았다.

자신을 어린애 취급하는 루슬릭의 모습에 코막 후작은 주먹을 말아 쥐었다.

"이, 이런 무례하기 짝이 없는……."

"무례, 무례. 귀에 딱지 앉겠다. 그놈의 레퍼토리 지겹지도 않냐?"

아무리 정치판에서 날고 기었다던 귀족이라도 루슬릭을 입담으로 이기기란 힘들었다.

결국 코막 후작은 대화 상대를 루슬릭에서 레바논에게로 돌렸다.

"이 모욕은 잊지 않겠네, 레바논 백작."

"동생의 행동에 대해서는 나중에 따로 사과드리겠습니다. 그보다는 여기까지 온 용건을 듣고 싶군요. 바쁘신 몸이 어인 일로 여기까지 행차하셨습니까?"

그나마 정중한 레바논의 모습 덕에 코막 후작은 기분이 조금 누그러들었다.

원래는 인사 후 만찬을 즐기고 여정의 피로를 푼 뒤 나눌 이야기였지만, 코막 후작은 용건을 빨리 끝내고 다시 돌아가고 싶었다.

"루슬릭이란 용병이 여기에 있다고 들었네. 그자를 만나 할 이야기가 있다네."

"그거 난데?"

레바논과 채 두 마디도 나누기 전, 루슬릭이 대화에 끼어들었다.

해맑은 표정으로 자신을 가리키는 루슬릭을 보며 코막 후작이 똥씹은 표정을 지었다.

그가 말없이 레바논을 바라봤다.

저 말이 진짜냐는, 무언의 질문이었다.

"동생 소개를 다시 하죠. 루슬릭 폰 하츨링. 이래 보여도 한때 끝내주게 잘나가는 용병이었습니다."

"이런 시발."

* * *

코막 후작은 루슬릭과 말을 하면 할수록 속이 터질 것 같았다.

그는 뼛속까지 귀족이었다.

태어나면서부터 귀족이었고, 귀족으로서의 대화법 이외에는 말을 해본 경험이 없었다.

따지고 보면 루슬릭은 귀족이긴 했다.

하지만 그가 사용하는 대화법은 거친 용병들의 말투지, 귀족들의 고상한 어법과는 거리가 멀었다.

그렇다고 코막 후작이 루슬릭을 권위로 찍어 누를 수도 없는 노릇이었다.

그를 최대한 정중히 대하라는 루블 국왕의 당부가 있었기 때문이었다.

"뭔데?"

딱 두 글자로 용건을 압축하는 루슬릭의 말에 코막 후작은 다시 한 번 열이 받았다.

하지만 그 딴에는 최대한 정중히 루슬릭을 대했다.

"그대가 제라스 왕국에서 제일 잘나가는 용병이라고 들었소."

"끝내주지."

"국왕 폐하께서도 그 능력을 높게 사시더군."

"당연하지."

툭툭 던지는 한마디, 한마디가 코막 후작에게는 큰 시련이었다.

'끄아아아아아.'

당장에라도 허리춤의 검을 뽑아 들고 싶었지만, 그러기엔 아직 이성이 남아 있었고 싸워봤자 못 이길 것 역시 뻔히 알았다.

코막 후작은 태어나 처음으로 인내심의 한계를 경험하고 있었다.

잠시 숨을 크게 고르며 정신을 가다듬은 코막 후작이 이야기를 서두를 꺼냈다.

"흑마법사들에 대해 알고 있나?"

"……알다마다."

처음으로 루슬릭의 입에서 진지한 어투가 나왔다.

조금 전까지 건성건성, 귀찮은 투로 대답했다면 지금은 코막 후작의 말에 꽤나 귀를 기울이는 느낌이었다.

코막 후작도 루슬릭이 대화에 임하는 자세가 달라졌다는 것을 눈치챘다.

"지금 제라스 왕국 전역에는 흑마법사들이 만들어낸 좀비가 기승을 부리고 있네. 문제는 이게 꼭 제라스 왕국만의 일이 아니라는 점이야."

"제라스 왕국만이 아니라면, 다른 왕국도?"

"그래. 그리고 그 배후도 제라스 왕국에서는 추측이긴 해도, 거의 확신하고 있네."

"안톤 제국이지?"

예상 외로 루슬릭이 바로 집어내자 코막 후작은 놀랐다.

"어떻게 알았나?"

"그것도 모르겠나?"

그렇게 대답하자 달리 할 말이 없었다.

하지만 이전과 달리 코막 후작은 루슬릭이 보통 용병이 아니라는 것을 알 수 있었다.

"그럼 이것도 알고 있나?"

"뭔데?"

코막 후작은 이곳까지 직접 찾아온 본론을 꺼내 들었다.

"안톤 제국이 전쟁을 일으켰네."

＊　　　＊　　　＊

"생각보다 너무 쉬운데?"

"다 처먹고 이야기하라니까."

"히히."

토르와 베어그가 서 있는 곳은 안데르센 왕국의 외곽, 천공의 요새 만트라였다.

수성에 있어서는 대륙에서 그 어느 도시도 따라올 수 없을 것이라 평가되던 요새 중의 요새.

안톤 제국과 용병 왕국이 드디어 그곳을 점령한 것이다.

물론 말처럼 그렇게 쉽지만은 않았다.

이곳을 점령하기 위해 안톤 제국은 수많은 병사를 희생해야만 했다.

공성하는 입장이 수성보다 적어도 두 배 이상의 병력이 필요하다는 게 정론이었지만, 만트라를 점령하기 위해 동원된 수는 족히 다섯 배가 넘었다.

하지만 그것만으로도 큰 성과라고 할 수 있었다.

과거 안톤 제국은 안데르센 왕국과의 전쟁에서 만트라를 점령하기 위해 족히 열 배의 병력을 동원했었다.

하지만 그조차도 목적을 이루지 못하고 되돌아갔던 게 불과 오십 년 전의 일이었다.

하지만 이번엔 그 절반인 다섯 배.

"소문만 못하군."

"낄낄, 우리가 잘난 거지."

"그 천박한 웃음 좀 어떻게 안 되냐?"

토르는 한 기사와 함께 다가오는 난쟁이를 보며 손을 휘휘 저었다.

난쟁이 역시 과거 같은 용병단의 단원으로 있던 용병이었다.

이름은 무스로, 생긴 것처럼 얍삽한 성격을 가지고 있었다.

"네가 이 용병단의 책임자인가?"

토르는 무스를 곁눈질 한 번으로 무시하고는 기사의 물음에 답했다.

"그렇소만."

기사의 물음에 토르는 그에게로 가까이 다가갔다.

멀리서도 충분히 커 보였지만, 가까이서 본 토르의 덩치는 어지간한 사람보다 몇 배는 더 컸다.

거인이 아닐까 싶은 체구.

하지만 기사는 그런 토르의 체구에 별로 신경 쓰는 모습이 아니었다.

"입이 짧은 친구로군."

"내 혓바닥이 길어지길 원한다면 당신 소개부터 하시지.

아, 혹시라도 기사랍시고 고개 뻣뻣이 세우는 거라면 내가 아주 섭섭할 거요."

한마디, 한마디가 뼈 있는 말이었다.

하지만 그렇다고 물러날 만큼 기사는 호락호락하지 않았다.

"용병이라서는 아니지만, 말투는 확실히 건방지군."

"불만 있나?"

"아주 많지. 난 네 상관이다."

기사는 현재 병사들을 이끌고 있는 사령관인 멘토 백작이었다.

그는 귀족이면서 동시에 기사단을 이끄는 기사이기도 했는데, 제국 내에서도 꽤나 유명한 실력자였다.

아무리 덩치가 크다고 하나 고작 용병에게 기죽을 만큼 어수룩하지 않은 것이다.

"그랬던가?"

토르가 함께 따라온 무스에게 물었다.

"그렇지. 우리 역시 따지고 보면 안톤 제국에 고용된 셈이니."

"그런가? 이거 실례했군."

공과 사가 확실한 사람.

용병은 을이고, 고용주는 갑이다.

이것은 토르뿐만 아니라 모든 용병에게 공통적으로 각인된 하나의 윤리였다.

토르의 자세가 변하자 멘토 백작 역시 굳이 강압적으로 나갈 필요가 없어졌다.

"아무튼 치하의 말을 전하러 왔네. 자네들 덕분에 만트라 성을 공략하기가 훨씬 수월했던 것이 사실이니."

"고맙소."

"그래서 말인데, 다음 성의 공략까지 계약을 연장하겠네."

멘토 백작은 이번 공성에서 토르가 이끄는 용병단의 활약에 깜짝 놀랐다.

한 명, 한 명이 어지간한 기사단의 기사단장 이상 가는 수준의 실력.

더군다나 그 밑의 일반 단원들까지 범상치 않은 실력들이었다.

특히 토르와 베어그는 건틀릿을 낀 맨주먹으로 성문을 때려 부수기까지 했으니, 그 힘이 어느 정도인지 가늠조차 되지 않았다.

"연장이라……."

어차피 이 이후로는 렝의 명령을 기다릴 뿐이었다.

현재 그들을 지휘하는 사람은 용병왕이 아닌 렝.

그의 결정에 따라 계약의 연장, 혹은 파기가 달려 있었다.

"이야기는 끝났소?"

"자네들의 상관인 렝이라는 자와는 이미 이야기를 마쳤네."

"그렇다면 좋소."

토르가 사람 얼굴만 한 큼지막한 손을 내밀었다.

"한번 갈 데까지 가봅시다."

*   *   *

제라스 왕국의 정신적 지주는 국왕이 아닌 아르만 공작이다.

또한 그는 귀족들의 수장이면서, 온전한 루블 국왕의 사람인 국왕파의 사람이기도 했다.

그가 있기에 제라스 왕국이 굳건할 수 있는 것.

때문에 현 제라스 왕국은 왕국 건국 이래 가장 단단한 정권으로 자리 잡았다.

그 정권을 만들어낸 장본인인 아르만 공작은 근래 한 가지 일 때문에 골머리를 썩고 있었다.

"하필 이럴 때 안톤 제국이 움직이다니……."

아르만 공작은 왕성의 손님 접대실에서 막 하츨링 백작가에 다녀온 코막 후작과 함께 비밀스러운 이야기를 나누고 있었다.

이야기의 중심은 바로 루슬릭이었다.

접대실에 모인 두 사람 중 코막 후작이 물었다.

"용병 왕국도 함께 움직였다는데, 정말일까요?"

"안데르센 왕국에서 우리에게 거짓말을 할 이유는 없지. 게다가 오래전부터 살펴온 정황상, 사실일 거요."

"으음……. 안톤 제국만 해도 골친데, 용병 왕국이라."

코막 후작은 아르만 공작의 최측근 중 한 사람이었다.

뛰어나다고는 볼 수 없지만 그가 가진 후작가라는 배경은 제라스 왕국에서 결코 무시할 수 없는 것이었다.

"그래, 루슬릭은 어떻게 됐나?"

"아, 그게 말입니다. 왜 그 용병에게 그렇게 신경을 쓰시는 겁니까? 제게 그의 신경을 건드리지 말라는 주의까지 하시면서 말입니다."

코막 후작은 아르만 공작의 부탁을 받았을 때 사실 어이가 없었다.

자신에게 저 멀리 동부 지방까지, 그것도 한낱 용병을 만나러 가는 일을 시키다니.

게다가 고작 용병 따위의 신경을 건드리지 말라는 말은 처음 들었을 때 무슨 농담인가 싶을 정도였다.

만약 아르만 공작의 부탁이 아닌, 다른 사람의 부탁이었다면 그 자리에서 경을 칠 일이었을 것이다.

"한낱 용병이라기엔, 근 십 년간 용병들의 위상이 많이 달라지지 않았나?"

"그건 그렇긴 합니다만……."

귀족들이라면 입을 모아 '한낱' 용병이라며 아래로 깔아뭉개지만 그들도 속으로는 알고 있었다.

이젠 '한낱'이라는 말을 붙일 수 없을 만큼 용병들이 너무 커져 버렸다는 것을 말이다.

이미 S급 용병을 비롯한 거대 용병단을 이끄는 단장들, 그리고 용병 왕국의 몇몇 용병은 어지간한 귀족을 한 수 아래로 볼 만한 거인이라고 할 수 있었다.

하지만 아직까지도 그런 사실을 인정하는 귀족들은 몇 없었으며, 입 밖으로 꺼내는 귀족은 더더욱 없었다.

"자네는 용병왕을 어떻게 생각하나?"

"대단한 건 인정합니다."

용병왕.

그의 이름은 누구나 고개를 끄덕이게 만들었다.

용병들은 아래로 깔아뭉개는 귀족들조차 인정하는, 이 시대 최고의 거인.

맨몸으로, 용병이라는 이름 하나로 왕국을 건립한, 용병들의 시대라는 문을 활짝 연 장본인이 바로 그였다.

"그렇다면 루슬릭은 어떻게 보았나?"

"……지금 그를 용병왕과 비교하시는 겁니까?"

"그럴 만한 위인이네."

깜짝 놀랄 만한 평가였다.

수많은 이유로 아르만 공작의 대단함을 평가할 수 있겠지만, 그를 잘 아는 사람이라면 그의 대단한 점을 하나로 일축할 수 있을 것이다.

사람을 보는 눈.

아랫사람에게 가장 필요한 능력은 일을 하는 손과 두뇌지만, 윗사람에게 필요한 것은 아랫사람을 보는 눈 하나뿐이다.

그것 하나만 갖추었다면 훌륭한 지도자라고 할 수 있었다.

그리고 아르만 공작은 그 요건을 완벽하게 갖추었다 평가되는 사람이었다.

그런 그가, 루슬릭을 용병왕과 같은 선에서 놓고 평하다니?

"대체 어떤 점이……?"

"그에 대한 이야기는 듣지 못했나?"

"알고 있습니다. 국왕 폐하와 공작 각하가 제라스 용병단의 단장으로 임명하였다는 것을요. 하지만 거기까지 생각하시는 줄은 몰랐습니다."

"그런가?"

아마 코막 후작은 꿈에도 모를 것이다.

다른 수많은 이유를 제쳐 두고서라도, 루슬릭의 실력은 네리어드와 맞먹을 만했다.

아니, 어쩌면 그보다 더 위일지 몰랐다.

네리어드는 검 하나만으로 루슬릭과 동수를 이루지만, 루슬릭이 쓸 수 있는 무기나 전술은 무궁무진했다.

"아무튼 루슬릭은 어떻게 됐나? 같이 오지 않았나?"

"네. 이야기를 듣더니 갑자기 어딘가로 뛰쳐나가더군요. 그 뒤로 소식을 듣지 못했습니다."

"그런가? 음, 아쉽군."

곰곰이 생각하던 아르만 공작이 중얼거렸다.

"아니, 오히려 잘된 건가?"

"대체 뭐가 말입니까?"

"그가 어디로 갔는지는 대충 예상이 되네. 처음부터 그럴 가능성도 생각해 두고 있었지. 사실, 자네가 루슬릭을 데리고 오건 아니건, 큰 문제는 없었네. 중요한 사실은 루슬릭이 안톤 제국과 용병 왕국의 이야기를 알게 되었다는 것이지."

알 수 없는 이야기였다.

영 모르겠다는 표정의 코막 후작에게 아르만 공작은 친절한 조언을 덧붙였다.

"이제부터는 루슬릭, 그가 알아서 할 것이야."

*   *   *

이른 새벽, 아직 해도 채 뜨지 않은 시간.

더운 계절에도 불구하고 서늘한 바람이 감도는 시간에 바리바리 짐을 싸 든 루슬릭을 조용히 레바논이 마중 나왔다.

"……대체 어딜 가겠다는 게냐?"

걱정 가득한 레바논의 물음에 루슬릭이 손을 저었다.

"걱정 마. 한두 해야? 나 어릴 때부터 역마살이었잖아."

"자랑이다."

말린다고 들을 것도 아니고, 레바논은 여벌옷이나 음식 따위를 챙겨주는 것으로 아쉬움을 달랬다.

그나마 이번엔 떠난다고 말이라도 하는 게 어딘가.

이전처럼 말도 않고 시원하게 떠났다면 정말로 아쉬울 뻔했다.

"어딜 도망가려고?"

"……아, 저건 또 따라와."

예상 못한 건 아니라는 듯 루슬릭은 역시나 하는 표정으로 이마를 탁 짚었다.

성문 옆에서 고개를 빼꼼 내미는 미인.

모르는 사람이 보면 예쁘고 귀여워 죽겠지만, 루슬릭에게는 지겨워 죽는 얼굴이었다.

"넌 또 왜 따라왔어?"

"서방에게 그 말 듣는 것만 몇 번째게?"

"……설마 그걸 셌냐?"

"나도 모르게 세어지던데?"

"쓸데없게."

도대체 어떻게 따라온 것인지, 이 시간부터 깨 있던 루나가 결국 루슬릭을 뒤따라 온 것이다.

지금까지 이런 경우가 한두 번도 아니고, 루슬릭은 일지감치 떼어내기를 포기해 버렸다.

도망가려고 한다면 추격전이 될 것이고, 때려눕히고 가봤자 어떻게 해서든 따라올 게 뻔한 그녀였다.

이제는 이렇게 떠날 때 루나가 없으면 이상할 정도였다.

"내가 뭐하러 가는지는 아냐?"

"뭐, 알 바야? 바늘 가는 데 실 안 가는 거 봤어?"

"구멍 없는 바늘에 들이대 봤자 실이 들어가겠냐?"

"뚫어버리면 되지."

한두 번 듣는 소리도 아니고, 이젠 슬슬 포기 단계였다.

하지만 이번만큼은 그녀를 데려가고 싶지 않았다.

"잘못하면 죽어."

"그럴 거 같았어."

"미쳤냐? 그런데도 같이 가게."

"몰랐어? 나 미친년인 거."

한 점 망설임 없는 대답이었다.

루슬릭이 죽을지도 모른다는 말을 꺼냈던 것이 이번이 처음인데도 말이다.

애초에 죽는 것 따위, 루슬릭을 따라가는 일에 비하면 아무것도 아니라는 생각 때문일 것이다.

그 대답에 오히려 마음이 홀가분해진 루슬릭이었다.

"그래. 미친놈 가는데, 미친년이 따라와야지."

두 사람의 대화를 듣고 있던 레바논이 불안함에 물었다.

"위험한 일이냐?"

"어쩌면."

"꼭 가야 하냐?"

고집이라면 루슬릭 역시 루나 못지않았다.

"안 가면 화병으로 뒤져. 화병으로 뒤지느니, 칼빵 맞고 뒤지는 게 속은 편해."

그리고 그 고집을 레바논은 잘 알고 있었다.

많이 겪어봐서라기보다는, 형제라서.

더 이상 말리지 않는 레바논의 모습에 루슬릭은 깨끗하게 뒤로 돌아섰다.

옆에는 루나를 낀 채.

"되도록 성하게 돌아올게."

*   *   *

하흘링 백작가를 떠난 루슬릭과 루나는 되도록 빠른 길로 걸어갔다.

길은 없는 산, 몬스터가 출몰하기까지 하지만 산을 가로지르는 길.

아무리 겁이 없다지만 그래도 사람 사는 길로 다녔던 루슬릭이었다.

루나는 루슬릭이 꽤나 급하다는 것을 알 수 있었다.

산속에서 해가 뜰 때쯤, 루나가 물었다.

"무슨 일인데?"

"무슨 일 같냐?"

질문에 돌아온 질문.

그녀도 충분히 생각할 수 있는 답이었다.

"……작정했어?"

"응."

루슬릭의 눈에 살기가 번들거렸다.

"렝, 그 새끼라도 먼저 죽이게."

"이제 와서? 왜?"

"마음에 안 들어."

뿌드득—

루슬릭의 이가 바스러져라 갈렸다.

"애새끼들이 렝 말을 듣는다는 게."

"……무슨 일 있어?"

"전쟁이래. 안톤 제국이랑, 안데르센 왕국이랑."

루슬릭은 얼마 전 코막 후작에게 전해 들은 이야기를 간략하게 루나에게 전했다.

안톤 제국과 안데르센 왕국, 그리고 안톤 제국의 군대에 앞장선 용병단.

짧은 이야기였지만 루나는 안톤 제국의 용병단이 무엇인지 금세 알아챌 수 있었다.

"그놈들이네."

"이래도 렝, 그 새끼를 그냥 둬야 해?"

아무리 걷는 길이 달라졌다고 해도 과거란 지우기 힘들었다.

특히나 삶의 반절, 그것도 가장 힘들었던 시절을 함께 보낸 가족 같은 이들이었다.

직접 눈에 칼을 들이밀지 않고서야 루슬릭에게 그들은 그냥 지나쳐 보내기 어려웠다.

더군다나 렝이 어떤 인물인지 잘 아는 루슬릭으로서는 단원들이 그의 손에 놀아나는 것을 그냥 참고 보기 힘들었다.

"렝 그 새끼는… 필요하다면 그놈들을 사지로라도 보낼 거야."

"그게 뭐? 이미 남 아니야?"

"그렇게 생각하면, 이미 너도 예전부터 남이었던 거지."

루나의 표정이 차갑게 굳었다 이내 풀어졌다.

어차피 오래전부터 루슬릭이 자신을 다른 단원들과 다르지 않게 보고 있다는 것쯤은 알고 있었다.

이제 와서 실망할 것도 없는 일이었다.

하지만 그건 그거고, 해야 할 말은 따로 있었다.

"렝을 죽인다고 달라질 게 있긴 해?"

루나가 루슬릭의 앞을 팔로 가로막았다.

기왕이면 가지 말자는 뜻.

하지만 말린다고 말려질 만큼 루슬릭의 고집은 물렁하지 않았다.

"달라질 거? 있지. 적어도 내가 아는 영감은, 애새끼들 죽을 자리를 보내도 쓸데없이 죽이진 않을 사람이니까."

"그게 그렇게 중요한 거야?"

"응. 중요해. 기왕 이렇게 된 거, 렝 밑은 안 돼."

렝에 대한 뿌리 깊은 불신.

그게 가장 큰 원인이었다.

지금껏 렝이 휘하 단원들을 어떻게 굴려오는지 보고, 들었으니까.

단원이 죽건 말건, 의뢰나 목적만 달성하면 그만인 사람이 렝이니까.

"……진짜 죽을지도 모르겠네."

"그러니까 돌아가."

"그러니까 따라가야지. 나라도 가서 도와야 서방이 조금이라도 살 확률이 높지 않겠어?"

반박하긴 힘들었다.

다른 사람이라면 있느니만 못하겠다마는 루나는 달랐다.

싸움 실력도 실력이고 잡다한 재주가 많은 그녀였다.

과거 의뢰 중에도 그녀의 이런 잡다한 재주 덕분에 꽤 많은 도움이 되기도 했었다.

루나를 굳이 떼어내지 않았던 이유도 거기에 있었다.

"그래, 그건 그렇다."

루슬릭이 가로막은 루나의 팔을 뿌리쳤다.

"실험해 보자고. 지옥 불에 뛰어들어도 내가 안 뒤지고 배기는지."

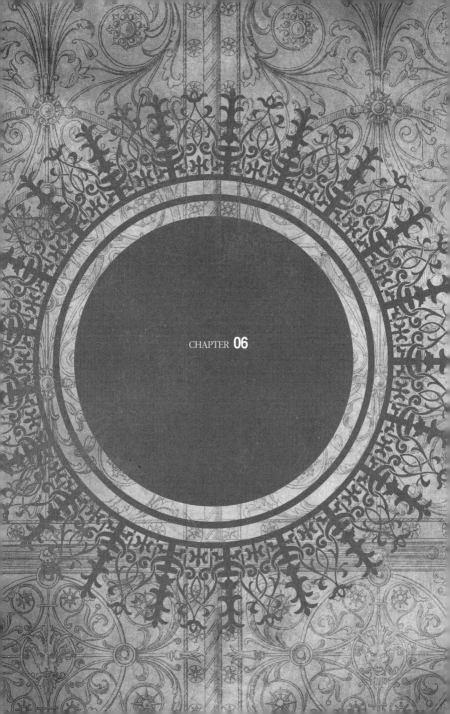

CHAPTER **06**

　용병왕의 얼굴을 아는 사람은 그리 많지 않았다.

　그가 공식 석상에 마지막으로 모습을 드러낸 지 벌써 십 년이 넘게 흘렀기 때문이었다.

　십 년.

　길면 길고, 짧다면 짧지만 한 사람의 얼굴이 기억 속에서 사라지기엔 충분한 시간이었다.

　더군다나 용병왕은 이름과는 달리 얼굴은 유별날 게 없었다.

　그는 왕국 밖으로, 또한 용병 왕국 내에서도 크게 활동을 하지 않는 인물이었다.

그와 얼굴을 마주하는 사람은 최측근인 로열 나이트 용병들 정도.

그 밖에 대외 활동은 거의 끊긴 상태였다.

사실상 이름뿐인 왕이라고도 할 수 있었다.

그럼에도 그가 아직까지 용병 왕국에서 절대적인 위치로 있을 수 있었던 이유는 용병 왕국 자체가 권력과는 거리가 먼 편인 데다 용병왕의 말이라면 목이라도 내놓을 용병이 수두룩하기 때문이었다.

"아, 여길 또 왔네."

루슬릭은 익숙한 길거리를 보며 표정을 찌푸렸다.

고향이라면 고향이라고 할 수도 있는 곳.

용병들로 가득한 분주한 거리, 용병 왕국이었다.

용병 왕국은 도시 국가답게 왕국치고는 적은 인구의 사람이 사는 곳이다.

그곳에서 이십 년 동안 지내온 루슬릭은 어지간한 거리는 거의 눈에 익었다.

오래간만이라 반가울 법도 하건만 용건도 용건인 데다 썩 즐거운 추억이 있던 곳도 별로 없었다.

"이제 어쩌려고?"

"계획이랄 게 있겠냐?"

루슬릭은 가까이 보이는 성으로 성큼 걸어갔다.

얼마 전까지만 해도 당당히 출입했던 성이었다.

보통 영지의 영주성만 한 크기의 성은 용병왕이 기거하는 왕성이었다.

그리고 그곳엔 역시나 렝이 있었다.

"정지. 무슨 볼일이냐?"

그때, 성문을 지키는 문지기가 루슬릭을 막아섰다.

그 역시 길거리를 돌아다니는 어느 용병들처럼 용병이었다.

다만, 용병왕이 기거하는 성문에서 검문을 하는 만큼 꽤나 수준이 높은 용병이라는 점만 조금 다를 뿐이었다.

"렝이라는 놈 좀 만나고 싶은데."

"렝님을? 초대라도 받았나?"

"아니."

"그럼? 중요한 볼일인가?"

"중요하지."

"신분부터 밝혀라. 등급이 어떻게 되지?"

"아, 시끄러."

뚜둑—

루슬릭의 주먹이 말아 쥐어진 순간이었다.

뻐억—!

"일단 좀 자라."

*   *   *

드드드드드—

루슬릭은 검문소를 관리하는 용병들을 당당히 때려눕히고 성으로 들어섰다.

용병 왕국의 성은 영주들이나 다른 왕성과는 다르게 검문이 꽤나 소홀한 편이었다.

그것이 용병들로 가득한 왕국과 왕성의 자신감 때문인지, 아니면 전쟁 따위가 일어날 리 없다는 확신 때문인지는 알 수 없었다.

"뭐, 쉽네."

"진짜 무식하네."

"그러는 넌 똑똑하냐?"

"서방보다는?"

말은 그렇게 하지만 루나라고 해서 달리 뾰족한 수가 있지는 않았다.

어쨌건 렝을 만나기 위해서는 성 안으로 들어와야 했다.

숨어 들어올 방법이 있을 리 없으니, 정문으로 들어오는 수밖에.

"기왕 이렇게 된 거, 들키기 전에 후딱……."

"말이 되냐?"

루나의 말이 채 끝나기도 전, 앞쪽 복도 멀리 사람들이 달려오는 소리가 들렸다.

"벌써 걸렸지."

"……아."

탄식과 함께 루나는 허리춤에 둘러맨 채찍을 꺼내 들었다.

직후, 복도를 돌아 한 무리의 용병들이 루슬릭과 루나를 발견했다.

"저놈들이다!"

"안녕, 친구들?"

루슬릭은 하얗게 웃으며 검을 뽑아 들었다.

달랑 두 명이서 자신들을 향해 다가오는 루슬릭과 루나를 보며 용병들은 어이없다는 표정을 지었다.

"뭐야, 저것들은?"

"젊은 남자 한 놈이랑 여자… 는 예쁘네."

"지금 그게 중요하냐?"

긴장이라곤 조금도 찾아볼 수 없는 모습들.

그들 사이로 루슬릭이 뛰어들었다.

사아악—

"어어?"

수십 명의 용병 사이로 파고든 루슬릭의 검이 단숨에 앞장
선 용병들의 목을 베어냈다.

"둘이라서 긴장이 풀렸지?"

루슬릭의 검이 허공에 궤적을 그렸다.

목에서 목으로, 그리고 그다음 목으로.

매끈하게 단숨에 목을 베어내는 루슬릭의 검은 그야말로
예술이었다.

써걱―

"반대야, 멍청이들아. 둘이니까 긴장했어야지."

*   *   *

"침입자?"

왕성에 있던 용병들은 침입자가 있다는 말에 무척 놀랐다.

용병 왕국이 건립되고 그리 짧지 않은 시간이 흘렀다.

그동안 용병 왕국을 적대시하는 왕국이나 세력, 또는 사람
따위는 존재하지 않았다.

용병 왕국이 강하기 때문이 아니라, 그럴 이유가 없기 때문
이었다.

용병은 철저하게 대가를 받고 움직이는 검일 뿐, 원한은 용
병을 고용한 고용주에게로 향하게 마련이었다.

그렇다고 용병 왕국을 적대시해서 얻는 이익이 있을 리도 없었다.

국력은 어지간한 왕국 이상 가는 데다, 먹을 땅덩어리라고는 대영지 수준뿐이니 용병 왕국과 싸우려는 나라는 어디에도 없었다.

그래서 침입자가 나타났다는 말에 놀랐을 뿐이지, 그렇다고 심각하게 여기지는 않았다.

"멍청한 녀석이로군."

제1로열 나이트 용병단의 말단 단원이었던 칼스는 이래 보여도 어지간한 A급 용병 못지않은 실력을 가지고 있었다.

또한 그는 용병 왕국의 저력을 잘 알고 있었다.

나름대로 실력에 자부심을 가지고 있는 그가, 아직까지도 부단장급으로 승급하지 못하고 있는 것을 보면 그럴만도 했다.

이곳 용병 왕국에는 그와 같은 실력자가 발에 채일 만큼 많았다.

이런 곳에 무작정 쳐들어오다니, 어떤 놈인지는 몰라도 죽을 자리를 잘못 골랐다.

"어디, 어떤 놈인지 면상이나 좀 볼까?"

가까이 싸우는 소리가 들렸다.

아무래도 먼저 간 용병들이 침입자를 제압하고 있는 듯

했다.

칼스는 어깨를 쭉 펴고 당당히 걸어갔다.

그가 막 모퉁이를 돌았을 때였다.

"……응?"

칼스의 눈에 믿기 힘든 광경이 들어왔다.

온통 시뻘건 피로 가득 찬 왕성의 복도.

그곳에는 잔인하게도 목과 몸이 분리된 시체들로 즐비했다.

그중 단연 돋보이는, 말짱히 서 있는 두 사람.

"대, 대체 이게 무슨……"

칼스는 물론이고 그와 함께 뒤따라온 한 무리의 용병들도 주춤 물러나게 할 광경이었다.

칼스는 황급히 침입자의 얼굴을 확인했다.

"……어어?"

"어, 너."

겁대가리 없이 용병 왕국에 침입한 장본인, 루슬릭이 칼스의 얼굴을 발견하고는 씩 웃었다.

"반갑다, 머저리."

"머저리 아닙니다!"

반사적으로 소리치긴 했지만 이내 칼스는 몸을 부르르 떨었다.

'저 인간이 대체 왜 여기 있는 건데?'

제1로열 나이트 용병, 루슬릭.

모를래야 모를 수 없는 얼굴이었다.

바로 옆에 있는, 세상에 둘도 없는 미녀는 항상 그의 옆을 따라다니던 루나였다.

어쩐지 겁도 없이 쳐들어왔다 싶었는데.

애초에 겁이란 걸 모르고 살아온 놈이 범인이었다.

"다, 단장이 왜 여기 계십니까? 용병 때려치운 거 아니었어요?"

"단장? 지랄. 그렇게 부르지 마라, 혀 뽑아버리기 전에."

횤—

루슬릭이 검을 휘둘러 복도 바닥에 피를 뿌렸다.

아무리 깔끔하게 베어냈다고 해도 수십 명 분의 피가 뿌려진 곳이다.

검에 피를 묻히고, 묻히지 않고를 신경 쓸 만큼 루슬릭은 여유롭지 않았다.

"그래도 반갑다. 이름은 잘 기억 안 나는데… 너 우리 애들 단원이었지? 좀 비켜. 나도 뭣 모르는 애새끼들 쳐 죽이긴 싫어."

"비, 비키라고요?"

칼스가 힐끔 뒤를 돌아 다른 용병들의 눈치를 살폈다.

하나같이 실력 꽤나 있다는 용병들이었다.

그중에는 S급 용병과 비교해도 크게 꿀리지 않는 실력자도 몇 있었다.

이 정도 전력이라면?

'아니, 부족해.'

아무리 머리를 굴려도 다 죽는 꼴이다.

이 정도 가지고는 루슬릭의 체력이나 조금 빼놓는 정도밖에 되지 않았다.

하지만 그렇다고 결정권이 칼스에게 있는 것도 아니었다.

"……일단 물러나자."

"물러나자고? 지금 미쳤냐?"

칼스의 바로 옆에 있던 용병이 그를 타박했다.

이 정도 쪽수로 고작 두 사람에게, 그것도 여자가 포함된 둘에게 도망간다니.

그것은 용병으로서의 자존심 이전에 남자로서의 자존심이었다.

물론, 루슬릭을 모르는 사람이나 부릴 수 있는 자존심이었지만.

"도망 안 가면 다 죽어."

칼스의 목소리는 비장했다.

농담 같지는 않았다. 게다가 눈앞에 보이는 광경을 고작 두 사람이서 만들었다는 것도 마음에 걸렸다.

하지만 설마 고작 둘에게 지겠어? 하는 생각이 그들의 머 릿속에 지배석이었다.

"쫄리면 너나 꺼져. 대신, 이 일을 단장이 알게 되고 후회 하지나 마라."

"그 단장이라는 게 혹시 렝이냐?"

칼스와 용병의 대화에 루슬릭이 끼어들었다.

그는 어느새 몇 걸음 더 가까이 다가와 있었다.

"그런 거면 걱정 마. 그 새끼 곧 내 손에 뒈질 예정이니까."

"뭐?"

"내가 설마 여기까지 영감님 목을 따러 왔겠냐? 난 렝, 그 새끼 목 하나면 충분해. 니들 목 같은 건 줘도 안 가지니까 다 꺼져 줬으면 좋겠어."

루슬릭과 용병들의 거리가 다섯 발자국 안으로 좁혀졌다.

그때까지만 해도 용병들은 고민했다.

칼스의 반응과 루슬릭의 실력, 그리고 렝의 명령 사이에서.

순간, 가장 앞에 있던 용병이 루슬릭을 향해 기습적으로 달 려들었다.

쉬익―

퍼석―

루슬릭의 주먹이 먼저 용병의 얼굴에 닿았다.

앞서 깨끗하게 머리가 잘려 나간 시신들과는 달리, 용병의 머리는 사방으로 으깨졌다.

맨주먹으로 사람의 얼굴을 부순 루슬릭은 손을 툭툭 털어내며 말했다.

"늦었어, 새끼들아."

쉬익—

앞장선 용병을 시작으로 루슬릭이 움직이기 시작했다.

또한, 함께 기다리고 있던 루나 역시 채찍을 움직였다.

"끄아아아아아악!"

"그러게 내가 도망치라고 했냐, 이 등신들아!"

칼스는 무기를 들지 않았다.

저항해 봤자 일찍 죽을 뿐이다.

가까이서 루슬릭이 싸우는 모습을 꽤 자주 보아온 칼스는 그의 실력을 아주 잘 알고 있었다.

다행히도 루슬릭은 칼스를 노리지 않았다.

처음부터 싸울 의사가 없었던, 그리고 가깝지는 않더라도 한 용병단 안에 있었던 칼스를 굳이 죽일 필요까지는 없다고 생각했기 때문이다.

칼스는 곧 슬그머니 루슬릭과 용병들 사이에서 몸을 뺐다.

루슬릭과 루나를 상대하기에 정신이 없는 용병들은 그런 칼스를 크게 신경 쓰지 않았다.

"저기다!"

"……아, 진짜 징그럽게도 오네."

검을 휘두르는 팔에 힘이 쭉 빠지는 소리였다.

벌써부터 멀리서 달려오는 용병들의 발소리나 말소리가 들렸다.

그러고 보니 대체 이 작은 왕성에 용병들이 얼마나 살고 있는지는 그쪽 일을 하는 렝 말고는 아무도 몰랐다.

한 가지 확실한 것은, 적어도 수천 이상의 용병이 이 성안에 대기하고 있다는 것이다.

"싹 다 죽여야 되나?"

"말도 안 되는 소리."

"안 될 것 같아?"

언제나처럼 할 수 있다는 듯 되물어보지만 루슬릭 본인도 알고 있었다.

자신이 아무리 강하다 해도 결국엔 한계가 있다.

게다가 이곳 용병들의 수준도 그리 낮지 않아 한 명, 한 명 상대하는 데 긴장을 늦출 수 없다.

체력 이전에 집중력이 떨어지면 그때부터가 고비였다.

눈먼 칼에 찔리면 루슬릭이라 해도 죽을 수밖에 없었다.

"되도록 빨리 렝을 찾아서 족쳐야지."

"어딘지는 알고?"

"일단 그 새끼 서재부터 가봐야지. 책벌레 새끼, 할 짓 없을 때는 거기 말고 다른 데 가지도 않잖아?"

"영감이 선수 치면 어쩌려고?"

용병왕이 거론되자 루슬릭이 잠시 주저했다.

만나고 꽤 오랜 시간이 지난 지금까지도 용병왕의 실력은 알 수 없었다.

용병 왕국이 건립된 이래 용병왕은 직접 일선에 나타나지 않았기 때문이다.

용병왕의 실력을 아는 사람은 루슬릭이 거의 유일했다.

"……튀어야지."

"튀어?"

예상외의 답변에 루나가 깜짝 놀랐다.

설마하니 고민 없이 도망가야 한다는 대답이 나올 줄이야.

늘 막무가내에 자신감 넘치던 루슬릭의 입에서 나온 말이라기엔 어울리지 않았다.

"그 영감이 작정하고 나서면, 나라고 별 수 있나?"

"영감이 그렇게 강해?"

"응. 존나 세."

대단하다고만 들었지, 루슬릭이 이 정도까지 평가할 줄은 몰랐다.

이젠 렝이 아니라 용병왕이 더 신경 쓰일 판국이었다.

"어디 보자, 서재가 어느 쪽이더라……."

왕성이라고 해봤자 그리 크지 않은 곳이다.

결국 찾아다니다 보면 렝을 발견하기는 할 것이다.

문제는, 그때까지 루슬릭과 루나가 버틸 수 있느냐 이지만.

루슬릭이 서재로 가는 방향을 정하고 있을 때였다.

"아, 마침 왔네. 왔어."

몰려온 용병들을 발견한 루슬릭이 망설임 없이 달려들었다.

설마하니 먼저 달려들 줄은 몰랐던 용병들은 루슬릭을 향해 반사적으로 검을 휘둘렀다.

싸아아아악—

까앙—!

"어?"

막혀든 검에 루슬릭이 깜짝 놀라 상대의 얼굴을 확인했다.

"……너 뭐하냐?"

"간만입니다, 형님."

루슬릭을 막아선 사람은 바로 칼프였다.

덩치에 어울리는 굵은 대검을 휘두르는 칼프는 휘하 용병단을 이끌고 루슬릭을 막고 있었다.

"간만이고 뭐고, 뭐하는 짓이냐고 물었는데?"

"돌아가쇼. 아무리 형님이라지만, 여긴 감히 난리를 피울 만한 곳이 아닙니다."

"감히? 좆까. 지금 네가 나한테 감히라고 씨부릴 짬이냐?"

까앙—!

루슬릭이 거칠게 칼프와 맞댄 검을 쳐냈다.

"셋 세기 전에 꺼져. 아님 뒤져."

"형님. 형님은 정말 좋지만… 아무래도 저와 형님은 가는 길이 다른 것 같습니다."

칼프의 옆으로 긴 창을 양 손에 든 중년 미남이 나란히 섰다.

그 역시도 꽤나 익숙한 얼굴이었다.

냉소어린 얼굴로 루슬릭이 두 사람을 비아냥거렸다.

"니들 요새 꽤 한가한가 봐? 바쁘신 몸이 둘씩이나 어디 안 가고 짱박혀 계시고 말이야."

제5로열 나이트 용병, 마틴.

칼프처럼 개인적인 친분이 있지는 않지만, 그래도 어느 정도 서로 안면은 있는 사이였다.

"니들도 저기 있는 새끼들처럼 죽여 달라고?"

루슬릭이 뒤쪽으로 쌓여 있는 시체들을 가리켰다.

이미 백이 넘는 용병이 루슬릭과 루나의 손에 죽고 싸늘한 시신이 되어 있었다.

그들 중 루나의 손에 죽은 이보다 루슬릭에 의해 죽은 사람이 절대적으로 많았다.

하지만 앞에서 만났던 어중이떠중이들과는 달리, 칼프와 마틴은 '진짜' 였다.

"돌아가십시오."

"등신아, 그 말 한마디에 돌아갈 거면 뭐하러 발 아프게 여기까지 걸어 왔겠냐?"

루슬릭은 뒤의 대답은 검을 드는 것으로 대신했다.

"남자 새끼들이 쪽팔리게 혓바닥으로 장난질이냐. 닥치고 덤비기나 해."

타닥—

"아님, 내가 먼저 갈까?"

루슬릭은 기습적으로 몸을 날려 칼프와 마틴을 향해 달려들었다.

기사들과는 달리 루슬릭을 포함한 용병들은 기습이라는 수를 비겁하게 여기지 않았다.

기습은 이기기 위한 좋은 방법일 뿐이었다.

텅—!

루슬릭이 휘두른 검을 마틴이 창을 들어 막아냈다.

그의 창대는 강철보다 단단한 합금으로 만들어져 있는 데다, 창을 다루는 그의 솜씨는 용병들 사이에서도 단연 최고로 꼽혀 잘려 나가지 않았다.

뒤로 튕기듯 날아간 마틴이 재빨리 자세를 고쳐 잡았다.

일대일의 상황이었다면 자세를 고쳐 잡을 틈이 없었을 테지만, 그는 혼자가 아니었다.

"죄송합니다, 형님."

"헛바닥 놀리는 건 끝이라고 안 했냐?"

쩌엉—!

칼프의 검과 루슬릭의 검이 부딪혔다.

두껍고 거대한 대검과 루슬릭의 얇은 검은 보는 것만으로는 루슬릭의 검이 금방이라도 부러질 듯 위태해 보였다.

하지만 실상 두 사람의 공방에 대한 결과는, 루슬릭의 얇은 검이 몇 배는 큰 대검을 밀어내는 형국이었다.

당사자인 칼프조차 믿기지 않는다는 표정이었지만, 조금만 생각해 보면 당연한 결과였다.

루슬릭이니까 가능한 일인 것이다.

"……역시 대단하군요."

"겨우 이걸로?"

휘리리릭—

루슬릭의 뒤쪽에서 루나가 기다란 채찍을 휘두르며 튀어나왔다.

워낙 작은 체구의 그녀이다 보니 루슬릭의 몸에 가려져 보이지 않았다.

칼프가 워낙 커서 그렇지, 루슬릭 역시 보통 사람과 비교하면 꽤나 체격이 큰 편에 속했다.

원래라면 부나의 손재는 그들에게 있어 큰 위협이 되지 않았다.

루나 역시 뛰어난 실력자이긴 했지만 칼프나 마틴에 비하면 몇 수는 아래였다.

하지만 이렇게 루슬릭과 검을 맞댄 상황에서 그녀의 공격은 무척 난감했다.

방향을 틀어 그녀의 공격을 견제한다면 그 틈을 루슬릭이 놓칠 리 없기 때문이었다.

물론, 그렇다고 칼프가 루나에게 당할 만큼 어수룩하진 않았다.

"어딜!"

쉬이익—

몇 자루의 검이 루나를 향해 날아들었다.

칼프와 마틴은 둘만 온 것이 아니었다.

두 사람과 함께 온 용병들은 로열 나이트 용병단 내에서도 꽤나 손에 꼽히는 실력자였다.

그런 이들이 한데 모이자 아무리 루나라도 고전할 수밖에 없었다.

결국 루나의 손과 발은 다른 용병들에 의해 묶인 셈이었다.

"흐읍!"

자세를 고쳐 잡은 마틴이 기다란 창을 들어 루슬릭을 향해 찔러갔다.

그와 동시에 칼프가 검을 쥔 양손에 힘을 불끈 줬다.

최대한 루슬릭의 양팔을 묶을 셈이었다.

"그걸로 되겠냐?"

루슬릭의 양팔에 굵은 힘줄이 돋았다.

그러자 거짓말처럼 칼프의 대검이 뒤로 쭉 밀려났다.

동시에 굳게 몸을 지탱하고 있던 루슬릭의 다리가 올라갔다.

스윽―

"어?"

빠르게 찔러가던 마틴의 창이 루슬릭의 발에 밟혀 땅에 박혔다.

그러자 자연스럽게 마틴의 양손이 아래로 내려가며 가슴이 훤히 드러났다.

"병신."

뻐억―!

"커억!"

창을 밟았던 다리가 빠르게 올라가며 마틴의 가슴팍을 걷어찼다.

간단한 동작의 연계였지만 빠르게 찔러오는 창을 그 누가 발로 내리 밟을 수 있으며, 곧장 반격을 가할 수 있겠는가?

"미, 미친……."

"몰랐냐?"

텅—

"나 미친놈인 거."

루슬릭의 검이 칼프의 검을 튕겨냈다.

아무리 체격이 좋다고 해도, 비정상적인 덩치의 칼프에 비하면 왜소하게만 느껴지는 루슬릭이었다.

저 몸에서 어떻게 저 정도의 힘이 뿜어져 나오는지, 상식적으로 도무지 이해가 가지 않았다.

실력이 뛰어나다는 사실 정도는 알고 있었지만 적어도 힘에서만큼은 밀리지 않을 자신이 있었던 칼프는 기가 찰 노릇이었다.

퍼억—!

"크읍."

곧장 주먹에 복부를 얻어맞은 칼프는 이를 악물고 루슬릭의 주먹을 견뎌냈다.

그가 입은 가죽 갑옷이 충격을 완화시켜 준 덕도 있었지만, 단련된 그의 몸은 어지간한 충격쯤은 우습게 받아들일 정도였다.

"오호, 갑바 봐라?"

뻐억, 퍼버벅―

루슬릭의 주먹이 칼프의 복부를 연속해서 두드렸다.

그 짧은 사이, 뒤로 밀려났던 마틴이 정신을 차렸다.

"이것들 봐라."

검을 쥔 루슬릭의 손이 바르르 떨렸다.

동시에 그의 입꼬리가 올라갔다.

용병이기 이전에 그 역시 천생 검사.

특히 루슬릭은 싸움꾼 기질이 다분한 검사였다.

사람 죽이기를 좋아하지는 않지만, 검을 겨루고 싸우는 것은 그에게 있어 무척 즐거운 일이었다.

특히 적수를 찾아보기 힘든 루슬릭에게는 이런 공방이 무척 즐거웠다.

물론, 그렇다고 봐주거나 할 생각은 없었지만 말이다.

"재밌긴 한데… 되도록 빨리 끝내야겠다."

"그게 마음대로 되겠소?"

"닥쳐."

루슬릭이 자세를 낮췄다.

그 순간, 두 사람의 시야에서 루슬릭이 사라졌다.

"난 한다면 해."

"미친……!"

촤악—!

칼프의 옆구리에서 피가 튀었다.

본능적으로 피하긴 했지만 루슬릭의 검이 그의 옆구리를 스치고 지나간 것이다.

마틴이 황급히 창을 휘둘러 칼프로부터 루슬릭을 떼어냈다.

그 짧은 순간에도 루슬릭은 검을 멈추지 않았다.

텅—!

"더 빨라졌군."

간신히 창을 들어 루슬릭의 검을 막아낸 마틴은 처음과는 확연히 달라진 루슬릭의 움직임에 감탄했다.

비교적 힘은 줄어들었지만, 루슬릭은 그 대신 보다 빠르게 움직이고 있었다.

힘이 안 되면 속도로.

루슬릭은 그 두 가지를 자유자재로 다룰 정도로 자신의 몸을 완벽하게 조절하고 있었다.

"……이건 단순히 무기를 잘 다루는 정도가 아니잖아?"

오래전부터 루슬릭과 잘 알아온 칼프조차 놀랄 일이었다.

"진짜 천재군. 싸움이든, 전쟁이든."

천재.

루슬릭은 용병이 되기 오래 전부터 하츨링 백작가 내에서 검술로서 재능을 인정받았다.

하지만 그건 결코 검술에 재능이 뛰어난 덕분이 아니었다.

검술은 그가 가진 재능의 일부를 보여주는 한 폭의 그림일 뿐이었다.

루슬릭이 가진 진짜 재능은 싸움이라고 할 수 있었다.

주먹이든, 검이든, 창이든, 죽고 죽이는 싸움에 있어서 루슬릭은 천부적인 재능을 발휘했다.

그가 싸움에 있어서 검을 사용하는 이유는 어릴 때부터 검술을 배워온 습관 탓이지, 다른 이유는 없었다.

그리고 루슬릭의 그 능력은 전쟁이라는 거대한 공간에서도 두각을 드러냈다.

어떻게 해야 이 싸움을 승리로 이끌 수 있을지, 루슬릭은 그것을 본능적으로 느끼고 실천해 나갔다.

이번에도 마찬가지였다.

루슬릭은 천재였고, 싸움이라는 분야에 있어선 져 본 적이 없었다.

그리고 그렇다는 것은…….

"……죽겠군."

칼프든, 마틴이든, 루슬릭에 대해 알면 알수록 점점 절망적이 되어갔다.

같은 로열 나이트 용병.

그중 조금 특출 나게 싸움을 더 잘하는 정도.

루슬릭에 대한 다른 용병들의 평가는 딱 그 정도였다.

하지만 루슬릭을 가장 가까이서 알고 보아온 단원들이라면 그런 생각을 절대 하지 않을 것이다.

그는 오직 싸우기 위해 태어난 사람이었다.

"이제 알았냐?"

서걱―

루슬릭의 검이 옆으로 움직여 근처에 있던 용병 하나를 베어냈다.

"일단, 머리 쪽수부터 맞추자."

"그만!"

루슬릭의 돌발 행동에 칼프가 깜짝 놀라 소리쳤다.

아무리 루슬릭이라 해도 용병 왕국에서 손꼽히는 실력자인 칼프와 마틴을 빠르게 제압하는 일은 힘들었다.

결국 그가 택한 방법은 이 자리에 모인 다른 용병들은 먼저 제거하는 일이다.

"젠장!"

마틴의 반응 역시 별반 다르지 않았다.

루슬릭이 특히 단원들을 아끼긴 했지만 단원을 아끼는 마음이야 칼프나 마틴 역시 근본적으로 다르지 않았다.

당연하지 않은가?

똑같은 곳에서 먹고, 자고, 일을 하는 동료다.

용병들은 늘 언제 죽을지 모르는 아슬아슬한 외나무 길을 걷는다지만, 의뢰 도중 죽는 것과 루슬릭에게 죽는 것은 느낌이 달랐다.

의뢰 도중의 죽음은 용병으로서 어쩔 수 없는, 당연한 것이라면 루슬릭의 손에 의한 죽음은 그야말로 천재지변이나 다름없었다.

그런 개죽음, 칼프와 마틴은 두고 볼 수 없었다.

"그만둬!"

칼프가 바닥에 떨어져 있던 한 용병의 머리를 집어 루슬릭을 향해 던졌다.

사람의 머리는 생각보다 무거웠다.

게다가 괴력을 가진 칼프가 던지자, 꽤 강력한 투척 무기로 재탄생했다.

"아무리 그래도 사람 머리를 집어 던지냐."

하지만 잘라놓은 장본인은 칼프가 던진 머리를 가볍게 피하고는 또다시 다른 머리를 베어냈다.

서걱―

"으아아아!"

칼프가 힘찬 기합과 함께 루슬릭을 향해 달려들었다.

마틴 역시 마찬가지였다.

그 역시 휘하 단원들이 루슬릭의 손에 죽는 모습은 보고 싶지 않았다.

게다가 다른 단원들은 방금 전까지 루나를 상대하느라 여념이 없지 않았던가?

지금 루슬릭이 하려는 일은, 싸움이 아닌 학살일 뿐이었다.

"거 목청 한번 좋네. 시원하게."

서걱—

또다시 살점이 베어져 나가는 소리.

칼프는 황급히 눈을 굴려 루슬릭을 쫓았다.

"어?"

그때서야 느껴지는 휑함.

"이, 이게 대체……."

"아깝네. 목, 아니면 오른팔이라도 잘랐어야 하는데."

루슬릭은 바닥에 떨어진 칼프의 팔을 발로 툭 차서 주인에게로 돌려보냈다.

"그래도 팔짝 하나 떨어졌으니 힘이 좀 달리지 않겠어?"

"끄아아아아악!"

데굴데굴 굴러오는 자신의 왼팔을 본 칼프가 비명을 질렀다.

자신의 팔이 잘려 나갔다는 현실은 두 눈으로 보면서도 도저히 믿기지 않았다.

머리가 핑 도는 느낌과 함께 칼프가 들소처럼 달려들었다.

"너무 그렇게 소리 지르지 마. 나도 마음 아프니까."

말과는 달리 루슬릭은 웃고 있었다.

"그래도 우리 형, 아우 하면서 잘 놀았었잖아?"

"크읍."

칼프는 피가 뚝뚝 떨어지는 왼쪽 팔을 꽉 눌렀다.

지혈은 생각도 못할 일이었다.

한순간도 방심할 수 없는 상대 앞에서 한가로이 상처를 싸매고 있을 여유가 있을 리 없다.

잠시 마틴이 앞으로 나서는 사이, 칼프는 대충 찢은 옷 쪼가리로 왼팔을 감쌌다.

"아, 이번엔 너냐?"

"그래도 꽤 좋은 동료였다고 생각했거늘······."

"동료? 니들이랑 나랑?"

로열 나이트 용병.

그 이름 하나로 묶이기엔 그들과 루슬릭 사이엔 큰 벽이 있었다.

"어디서 맞먹으려고? 딱 보면 몰라? 니들이랑 나··· 아니, 우리 용병단이랑 니들 용병단이랑은 급이 달라, 등신아."

용병 왕국의 전력의 반은 제1로열 나이트 용병단에서 나온다.

이것이 바로 용병 왕국을 오랜 시간 보아온 루슬릭의 생각이었다.

개개인의 실력 차이도 물론이거니와 용병단을 이끄는 실질적인 주요 인물들과 싸움 경험 등, 다른 용병단과 제1로열 나이트 용병단 사이에는 큰 차이가 있었다.

"니들은 마지막으로 목숨 걸고 싸웠던 게 언제냐? 기억도 안 나지? 손에 피 묻힌 건? 더 기억 안 나지? 잘 새겨들어."

루슬릭은 손에 든 검을 흐느적거리며 말을 이었다.

"인생은 실전이다, 등신아. 용병이란 새끼들이 방구석에 처박혀 있으니 실력이 그따위지."

만약 칼프와 마틴이 조금만 더 경험이 많았더라면 싸움의 양상이 꽤나 바뀌었을 것이다.

루슬릭과 두 사람 사이에는 사실 실력에서는 그렇게 큰 차이가 나지 않았다.

힘에서도 루슬릭이 칼프보다 조금 더 강한 정도였고, 검술 실력은 거의 비슷했다.

하지만 힘을 제외한 오감은 꾸준히 사용하지 않는 이상 퇴보하게 마련이었다.

칼프는 오랜 시간 로열 나이트 용병으로 살아오며 검을 쓸 일이 줄어들었고, 그 때문에 이런 경험이 적을 수밖에 없고 감각이 많이 무뎌져 있었다.

"아무튼 잘됐다. 렝 하나만 죽이고 가는 것보다는, 니들까지 싹 쓸어버리는 편이 나중을 생각하면 더 낫지."

"······미쳤군. 용병 왕국과 척을 지겠다는 건가?"

"어차피 언젠가 한판 붙을 거 아닌가? 니들이 안톤 제국과 짝짜꿍해서 대륙 꿀꺽할 생각인 거 누가 몰라?"

"더 미친 생각이로군. 용병 왕국뿐만이 아니라, 안톤 제국과도 척을 지겠다니."

"니들이야말로 미친 거지. 나랑 척지고 목이 안녕할 것 같았냐?"

하긴, 맞는 말이었다.

어차피 안톤 제국과 용병 왕국이야 언제고 왕국 연합과 싸울 예정이었다.

루슬릭이 용병 왕국, 안톤 제국과 척을 진다고 해도 이미 그가 제라스 왕국의 사람인 이상 변하는 사실은 전혀 없었다.

그보다는 먼저 렝이 루슬릭을 건드림으로써 잠자는 사자를 깨웠다고 하는 편이 정확했다.

만약 그렇지 않았다면 루슬릭은 조용히 제라스 왕국에서 허송세월을 보내고 있을 것인데 말이다.

"이거야 원. 말로도 못 이기겠군."

"그래? 그럼 이제 슬슬 끝내자. 나름 꽤 바쁜 몸이라서 말이야."

다시 싸울 준비에 들어가는 루슬릭의 모습에 마틴의 눈앞이 노래졌다.

멀쩡한 상태에서도 그토록 고진했던 상대였다.

한데 지금은 칼프가 한 팔을 잃고 싸우기 어려운 상황까지 되었으니, 아마 방금보다 훨씬 어려울 것이다.

싸움도 가능성이 보여야 하지, 이길 가능성이 보이지 않는 싸움은 그 누구라도 피하고 싶은 게 당연했다.

"이거야 원, 개판이로군."

그때, 복도를 꺾고 모습을 드러낸 사람에게 이목이 집중되었다.

특히 그의 얼굴을 확인한 루슬릭의 동공이 크게 떠졌다가 이내 뱀처럼 가늘어졌다.

"아. 반가워 죽겠네, 진짜."

"마찬가지다, 루슬릭. 여기까지는 무슨 일로 오셨나?"

잔뜩 용병들을 이끌고 온 렝은 정말 아무것도 모른다는 듯 천연덕스레 물었다.

늘 이런 말투와 행동이었다.

정말이지 용병이 맞나 싶은 모습.

이미 적응이 된 루슬릭은 특유의 거친 말투로 답했다.

"목 따러 왔다, 개새끼야."

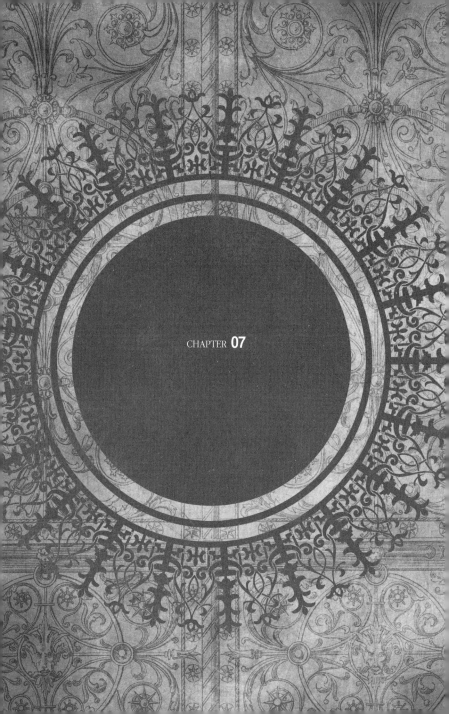

CHAPTER **07**

렝은 이미 백 구가 훌쩍 넘어버린 시신들을 보며 고개를 저었다.

"안타깝군."

하나같이 잃기 아까운 용병들이었다.

이대로 죽기엔 아직 쓸 데가 많았다는, 하나의 쓸 만한 도구를 잃어버린 의미의 아쉬움이었다.

그 기계적이고 계산적인 생각은 그의 표정에서 고스란히 드러났다.

그리고 그게 바로 렝이란 인물의 성격이었다.

지극히 정치적이고 계산적이다.

개인주의적이고 즉흥적인 루슬릭과는 정반대의 인물이라고 할 수 있었다.

"하필이면 왕께서 출타 중이신 때 이런 일이 벌어지다니."

"아, 그래? 그거 다행이네."

렝의 말에서 루슬릭의 얼굴에 화색이 돌았다.

내심 용병왕이 개입하면 어쩌나 걱정했는데, 용병왕이 여기 없다면 걸릴 게 없었다.

하지만 그렇다고 상황이 썩 좋다고 할 수만은 없었다.

'넷은 좀 힘든데 말이지.'

루슬릭의 시선은 렝과 함께 온 다른 한 용병에게로 향했다.

그는 바로 제4로열 나이트 용병단을 이끄는 길리안이었다.

그는 기사에서 용병으로 전향한 인물이었는데, 용병왕을 주군으로 모시며 용병 왕국에 정착한 인물이었다.

로열 나이트 용병들 중에서 루슬릭을 제외하면 가장 강할 것이라고 평가되는 인물이 바로 길리안이었다.

특히나 변칙적인 공격이 특기인 루슬릭에게 고지식하고 단조로운 그의 검술은 매우 까다로웠다.

"아, 진짜 귀찮네."

"뭐가 그리 귀찮다는 거지? 잘된 일 아닌가? 아무리 봐도 자네가 원하는 목들은 여기 다 있는 것 같은데."

렝은 루슬릭이 여기까지 온 이유를 정확하게 짚어냈다.

물론 처음에는 렝 하나만이 목적이었지만 지금은 그 목적이 조금 바뀌어 렝을 포함한 다른 로열 나이트 용병들까지 처리할 수 있으면 좋겠다 생각하고 있었다.

하지만 넷을 한꺼번에 상대하다니.

"아하! 자네 걱정이 뭔지 알겠네. 그런데 말이네, 그런 걱정은 필요 없을 게야."

"개소리 작작해라. 내 머릿속에 들어갔다 나온 것도 아니면서……."

"난 저기 있는 소녀를 상대할 생각이네. 자네를 상대할 사람은 여기 셋이야."

렝은 루슬릭의 뒤쪽에서 싸우고 있는 루나에게로 시선을 던졌다.

용병들을 상대하는 루나의 상태는 꽤나 힘겨워 보였다.

다행히 아직까지는 균형이 맞아 큰 위험이 없겠지만 그것은 아슬아슬한 줄타기와 같았다.

작은 파장만 있더라도 걸려 넘어질, 곧 죽음으로 이어질 위험한 줄타기.

그것을 알기에 루슬릭은 더 이상 이 뒤로는 다른 용병들을 보내지 않기로 마음먹었다.

"누구 마음대로?"

"역시 자네는 자기 사람에게 너무 약해."

렝은 흐물흐물한 미소를 지으며 루슬릭을 향해 걸음을 옮겼다.

아니, 정확히는 그 뒤에 있는 루나에게로 향하고 있다는 표현이 옳았다.

"……좆같은 새끼."

더 이상의 대화는 필요 없었다.

루슬릭이 바닥에 떨어져 있는 검 한 자루를 집어 들었다.

양손에 검을 쥔 루슬릭을 보며 렝이 비웃음을 지었다.

"검을 한 자루 더 든다고 강해지는 줄 아나?"

"그건 아니지. 근데, 그래도 한 손보단 양손이 상대하기 쉽지."

일대일과 일대 다수의 싸움은 엄연히 다르다.

특히나 칼프, 마틴, 렝, 길리안과 같은 쉽게 볼 수 없는 상대의 경우엔 한 명, 한 명의 공격을 무시할 수 없었다.

물론 그렇다고 쌍검술이 만능이라는 이야기는 아니었다.

각각의 검이 완벽하게 공수가 조화될 수 있을 때에 비로소 쌍검술이라고 할 수 있는데, 쉬운 일도 아닐뿐더러 가능하다고 해도 한 자루 검에 비해 어지러울 뿐이다.

"근거 없는 허세는 여전하군."

"근거가 없긴 왜 없어?"

휘리릭—

루슬릭의 검 두 자루가 빙글빙글 돌았다.

"실력이 되니까 깝치지."

"그게 바로 근거 없는 자신감이라는 거다."

그 대화를 끝으로 가장 먼저 길리안이 루슬릭을 향해 달려들었다.

기교라고는 찾아볼 수 없는, 수직으로 내리치는 올바른 검.

하지만 피할 공간이라곤 찾아볼 수 없는 정직한 검이었다.

쩌엉—!

루슬릭이 검을 크게 휘둘러 길리안의 검을 막아냈다.

그런 그의 옆으로 렝이 스치고 지나갔다.

"어디 가?"

획—

까앙—!

루슬릭이 다른 한 손에 든 검을 옆으로 휘둘렀다.

길리안이 루슬릭을 막고 있는 사이, 그 옆을 지나가려던 렝은 루슬릭의 검에 막혀 다시 뒤로 물러나야 했다.

"이럴 셈이었나?"

"넌 나랑 붙어야지."

쩡—!

루슬릭이 길리안의 검을 뿌리치고 곧장 발을 움직여 렝에게로 달려들었다.

텅—!

렝의 옆으로 마틴이 창을 들고 버텨 섰다.

하지만 루슬릭의 힘은 렝과 마틴을 함께 밀어냈다.

그 괴물 같은 힘에 마틴은 물론이고, 렝도 깜짝 놀랐다.

"죽여라!"

다급한 목소리로 렝이 함께 온 용병들에게 명령을 내렸다.

그들 역시 우수한 용병들로, 다수의 A급 용병이 포함되어 있었다.

그야말로 정예 중의 정예라고 할 수 있었다.

그때, 루슬릭의 주위로 검이 번쩍 빛났다.

피잇—

촤아아아악—

한순간 날아올랐던 용병들의 몸이 우수수 바닥으로 떨어졌다.

그 믿기 힘든 광경에 렝이 소리쳤다.

"말도 안 돼!"

"안 되긴."

루슬릭의 검은 두 자루였다.

쩌저저정—!

"크윽."

"아무리 생각해도, 넌 용병이 아니야."

쩡, 쩌저정―!

루슬릭은 계속해서 렝을 노렸다.

그의 주위로 마틴과 길리안, 칼프가 합세했다.

루슬릭이 렝을 노리고 왔다는 사실 정도는 그들도 잘 알고
있었다.

하지만 루슬릭은 신경 쓰지 않았다.

최소한의 움직임으로 그들의 공격을 피하고 막아내며, 모
든 힘을 렝에게 집중했다.

"비켜!"

루슬릭의 몸이 크게 돌았다.

쩌저저저저정―!

사방에서 그를 노리던 칼프와 길리안, 마틴의 무기가 하늘
로 떠올랐다.

얼마나 무시무시한 힘이던지, 루슬릭은 칼질 한 번으로 그
들을 제압해 버렸다.

그들은 처음 볼 것이다.

루슬릭이 전력으로 싸우는 모습을.

늘 여유롭게 상대를 제압하던 루슬릭이, 진심으로 싸우면
어디까지 강해지는지.

그들은 보기 드문 루슬릭의 한계를 경험하고 있었다.

"이런 말도 안 되는……."

로열 나이트 용병 넷이 밀린다.

생각지도 못한 일이었다.

그들은 하나같이 용병들 중에서 손에 꼽히는 실력자였다.

전 대륙을 다 뒤져도 그들보다 강한 용병은 몇 없을 것이다.

그만큼 뛰어났기에 용병왕의 옆에서 그를 보위할 수 있었다.

한데 이게 뭐란 말인가.

한때는 같은 로열 나이트 용병의 이름을 사용했던 한 명에게 밀리는 꼴이라니.

"분명 예전엔……."

"언제적 얘기냐?"

사악—

루슬릭의 검이 렝의 다리를 살짝 베어냈다.

그나마도 다른 용병들의 도움이 있었기에 망정이지, 그렇지 않았다면 다리가 통째로 잘려 나갈 뻔했다.

"큭."

"너랑 나랑 처음 붙었던 게 벌써 십오 년 전이지."

루슬릭이 로열 나이트 용병이 되었던 건 스물다섯이라는 나이에서였다.

오직 싸움 실력 하나만으로 용병왕의 인정을 받았던 루슬
릭이다.

싸우는 일 외에는 달리 재주가 없었던 루슬릭은 전쟁 용병
인 제1로열 나이트 용병단을 맡았다.

그 당시 렝은 어린 나이의 루슬릭을 우습게보고 실력을 직
접 확인하겠다고 나섰었다.

그때가 처음이었다.

루슬릭과 렝이 처음으로 검을 맞대었던 것이.

"그땐 내가 조금 밀렸었나? 와, 지금 생각하면 나도 등신이
었지."

쩡―!

"너 같은 호구 새끼한테 밀리고 말이야."

퍼억―!

루슬릭의 발길질이 렝의 턱을 후려쳤다.

어지럽게 날아오는 쌍검술에 발길질까지 더해지자, 렝은
그만 다 막지 못하고 발길질에 얻어맞았다.

렝의 눈앞이 핑 돌았다.

뼈가 으스러질 정도로 강한 발차기였다.

"엄살은."

푸욱―

"크아악!"

렝의 어깨에 루슬릭의 검 하나가 박혔다.

동시에, 루슬릭의 어깨를 마틴의 창이 꿰뚫었다.

푸욱—

루슬릭의 어깨를 꿰뚫은 창을 본 렝의 눈이 반짝였다.

비록 자신 역시 치명상을 당하긴 했지만 쪽수는 자신들이 훨씬 많았다.

어깨 하나를 사용하지 못한다는 것은 곧, 검을 휘두를 팔 하나를 잃었다는 뜻이었다.

"뭘 그리 좋아해?"

꿰뚫린 어깨를 무시하고, 루슬릭이 팔을 들었다.

"꼬챙이에 한두 번 꿰어보나. 이런 걸로 아파서 못 움직이면, 진작 뒈졌지."

"이, 이런 미친!"

루슬릭의 어깨를 꿰뚫은 마틴은 깜짝 놀랐다.

양손에 쥔 창이 꼼짝도 하지 않았다.

마치 강철에 창이 박혀 있는 느낌이었다.

그사이, 루슬릭은 렝의 목을 손으로 잡았다.

"반갑다."

"커컥!"

목이 잡힌 렝이 거칠고 고통스러운 숨을 토했다.

루슬릭의 악력은 금방이라도 렝의 목을 부러뜨릴 것만 같왔다.

실제로도 금방이라도 렝의 목은 부러질 듯 위태로워 보였
다.

숨이 막혀오는 렝의 얼굴로 흉측한 핏줄이 돋았다.

그 모습을 칼프와 길리안은 그냥 지켜보고만 있지 않았다.

"어딜!"

쉬이익―

빠르게 찔러 오던 칼프의 대검이 우뚝 멈췄다.

루슬릭이 렝의 목을 쥔 상태로 그를 들어 올려 칼프의 검
앞으로 가져다 댄 것이다.

"찔러보든가."

"크윽."

용병 왕국에 있어 렝은 무척 중요한 인물이었다.

갑작스러운 루슬릭의 부재를 막고, 용병왕의 대계를 위해
꼭 필요한 두뇌를 갖춘 사람이었다.

제라스 왕국의 아르만 공작과도 같은 사람.

그가 없으면 용병 왕국에 어떤 파장이 생길지는 상상하기
힘들었다.

"대체… 왜 이러는 거요, 형님."

"이제 와서 형님이냐? 구역질나게."

루슬릭은 렝을 잡은 손에 힘을 느슨하게 풀었다.

물론 그렇다고 해서 렝이 루슬릭의 손아귀에서 빠져나갈 일은 없었다.

검술에서면 모를까, 근본적인 힘에 있어서 루슬릭과 렝은 하늘과 땅 만큼의 차이가 있었다.

"인질이란 거 역시 좋네."

"형님, 비겁하게 인질이나 잡는 사람이었소?"

"다구리를 놓질 말든가. 어디서 아가리를 털어?"

루슬릭은 잠시 움직임을 멈추고 루나가 있는 쪽을 바라봤다.

렝이 붙잡히고부터 용병들은 일제히 공격을 멈춘 상태였다.

루슬릭뿐만 아니라 그 일행인 루나에게 역시 더 이상의 공격은 없었다.

대강 돌아가는 상황이 어떻게 되는지 알 것 같았다.

"이 새끼가 이제 대빵인가 봐?"

"……그는 중요한 사람이오."

"아, 그래? 이런 늙다리도 어디 쓸데는 있나봐?"

"그는 용병 왕국의 머리요."

"니들 중 사람이 그렇게 없냐? 이런 놈을 머리로 쓰게? 에라이, 한심한 새끼들."

비아냥거리긴 했지만 사실 루슬릭도 알고 있었다.

렝이 있음으로써 용병 왕국이 돌아갈 수 있는 것이다.

용병 왕국의 기본 체계는 타국과의 교류로 의뢰를 맡고, 그 의뢰를 통해 일은 수익으로써 왕국이 돌아가는 구조이다.

아무리 용병단의 규모가 크다고 해도, 의뢰가 없으면 살아갈 수 없는 나라가 바로 용병 왕국인 것이다.

그리고 그 타국과의 의뢰를 원활하게 이어주는 사람이 바로 렝이었다.

다른 정치적인 면도 있지만, 렝은 그 역할을 지금껏 아주 훌륭히 해왔다.

그의 부재는 용병 왕국에게 치명적일 수밖에 없는 것이다.

"뭐, 됐고. 난 이 새끼만 있으면 되니까 이만들 꺼져."

루슬릭은 어깨에 꽂힌 창을 다른 한 손으로 잡아 뒤로 빼냈다.

그러자 꼼짝 않고 움직이지 않던 창이 거짓말처럼 쑥 뽑혔다.

"보내줄 것 같소?"

"안 보내주면? 계속하게?"

자신만만한 말투지만 이미 루슬릭은 꽤 움직인 상태였다.

게다가 마틴에 의해 어깨 한쪽이 꿰뚫려, 아직까지도 피가 나고 있었다.

움직이고 있는 게 신기하긴 하지만 그냥 움직이는 것과 그

팔로 싸우는 것은 전혀 별개의 문제였다.

　루슬릭의 몸도 그리 성하다고 볼 수는 없는 것이다.

　"니들 생각이야 뻔하지. 내가 언제 또 이렇게 부상을 당할지 알 수 없으니, 이참에 반드시 잡겠다는 거 아냐?"

　자신의 생각을 정확하게 짚어내자 칼프가 고개를 끄덕였다.

　루슬릭은 마치 머릿속에 들어갔다 나온 것처럼 정확했다.

　"후회 안 하냐?"

　루슬릭은 자신의 손아귀에 잡힌 렝을 앞으로 내밀었다.

　"사실 여기 와서 생각이 조금 달라지긴 했는데, 내 원래 목적은 이놈 하나였거든. 니들이야 처리할 수 있으면 좋고, 아니면 그만이고. 그래서 그냥 물러나려는 거야. 나도 내 몸이 멀쩡하지 않다는 것쯤은 알거든."

　"그걸 알면서도 우리가 놓아줄 거라 생각하는 거요?"

　"아니면 어쩌려고?"

　루슬릭은 주위를 슥 둘러봤다.

　지금까지의 싸움으로 이미 왕성 내의 대다수 용병이 모여들어 있었다.

　그들 중에 꽤 낯익은 얼굴도 보이는 것이, 제1로열 나이트 용병단의 용병들도 제법 있는 듯했다.

　하긴, 싸움이라면 그들을 따라갈 놈들이 없겠지.

"니들을 포함해 여기 있는 놈들이 용병 왕국에서 제일 잘 나가는 놈이지?'

두말할 필요도 없었다.

여긴 용병 왕국. 게다가 용병 왕국의 중심인 왕성이었다.

의뢰를 나가지 않은 대다수의 로열 나이트 용병단은 이곳에 모여 있었다.

특히 왕성 내에서 기거하는 용병들은 용병단 내에서도 인정을 받은, 일류 용병이었다.

"어디 덤벼보든지. 죽을 때 죽더라도, 니들 중 둘 이상은 데리고 간다."

주위에 있던 용병들이 수근거렸다.

허풍이라고 생각하는 용병이 대다수.

하지만 그들 중 기겁하며 몸을 떠는 용병도 있었다.

바로 제1로열 나이트 용병단에서 루슬릭이 싸우는 모습을 지켜봐 온 용병들이었다.

루슬릭이 진정 무서운 이유는 실력 하나만이 아니었다.

그는 진정 하루 밤낮을 싸울 수 있는 사람이었다.

지쳐도 지친 것이 아니며, 정신력과 체력은 그 누구도 따라올 수 없을 정도다.

그가 정말 죽음을 각오하고 싸운다면 수많은 용병이 그의 손에 목숨을 잃을 것이다.

"허세 같냐?"

"……그렇게 보이지는 않는군."

"그럼 놔주든지."

"끙, 그건……."

렝이 사로잡힌 이상, 이 자리에 모인 이들 중 다음 결정권자는 칼프를 포함한 다른 로열 나이트 용병들이었다.

하지만 그들 모두 어떤 결정을 내려야 할지 몰라 갈팡질팡하고 있었다.

렝을 포기할 것이냐?

아니면…….

"가시오."

가장 먼저 입을 연 사람은 길리안이었다.

"무슨 소리냐? 너 미쳤어?"

화들짝 놀라 마틴이 길리안의 어깨를 잡았다.

하지만 길리안은 표정 하나 바뀌지 않고 냉정히 말했다.

"그럼, 이 자리에서 다 같이 죽자는 소린가? 무슨 득을 보자고?"

"그렇다고 이대로 놓아준다니, 그게 무슨 개망신……."

"망신이더라도 놓아주는 게 맞다. 렝도 죽고, 이 자리에서 우리 셋도 죽으면? 용병 왕국은 끝이야."

구구절절 맞는 소리였다.

용병왕이 있다면 모를까, 지금 이 자리에서 루슬릭을 잡기 위해서는 물량 공세밖에 답이 없었다.

그리고 그 과정에 희생될 용병들은 용병 왕국의 주축이었다.

렝의 부재는 뼈아프지만 치명적이지는 않다.

하지만 칼프와 마틴, 길리안까지 용병 왕국의 모든 중심축이 빠져 버린다면 되돌릴 수 없었다.

"역시 넌 뭘 좀 알아."

"루슬릭, 그대의 강함에는 경의를……."

"닥쳐, 오글거려. 아무튼 이만 가라는 소리 아냐?"

루슬릭은 씩 웃으며 손아귀에 붙잡혀 있는 렝을 바라봤다.

"그럼 이건 이제 필요 없겠네."

뚜두둑—

렝의 목이 기괴한 방향으로 꺾였다.

용병 왕국 기둥의 죽음이라기엔 너무나 초라한 모습이었다.

"……끝났어?"

돌아가는 상황을 지켜보던 루나가 루슬릭에게 가까이 다가왔다.

그녀의 몸 여기저기에는 자잘한 상처가 생겨 있었다.

용병들의 실력도 실력이고, 다수의 용병을 상대했기에 어쩔 수 없는 일이었다.

"대충."

"와, 진짜 해냈네."

단둘이서 용병 왕국에 쳐들어가, 렝을 죽였다.

이 사실을 그 누가 믿겠는가?

함께 해낸 루나조차도 믿기 힘든 일이었다.

"운이 좋았지."

"웬일로 겸손이야?"

"……사실이잖아?"

용병왕이 있었더라면, 그리고 용병들이 죽기 살기로 덤볐더라면, 결과는 바뀌었을지도 모른다.

게다가 렝이 루슬릭의 실력을 무시하고 일찍 나타난 것도 한몫했다.

만약 렝이 루슬릭의 실력을 과소평가하지 않고 숨어서 휘하 용병들을 이용해 지구전을 펼쳤다면?

어느 하나라도 들어맞지 않았다면 이런 결과는 나타나지 않았을 것이다.

"아, 피곤하다."

"얼른 가서 치료부터 해."

"됐어. 침 바르면 나아. 어깨에 바람구멍 난 게 어디 한두 번이야?"

*　　　*　　　*

"그 소식 들었어?"

"그거? 들었지. 그걸로 요새 난리도 아니더만."

"허, 진짜 물건은 물건이야. 혼자서 용병 왕국 왕성을 뒤집어 놓다니 말이야."

"그런데 왜 그랬대?"

"그거야 모르지. 듣자 하니 말이야……."

루슬릭으로 인해 일어난 일은 순식간에 용병 왕국에 퍼졌다.

그렇지 않아도 좁은 땅덩어리의 용병 왕국이었다.

더군다나 그 사건에서 루슬릭을 본 눈이 한둘이 아니었다.

입단속을 하려고 한들, 어떻게 해서든 퍼질 수밖에 없는 소문이었다.

오래전부터 루슬릭은 제1로열 나이트 용병단에서 왕국 밖에서 활동해 왔다.

때문에 용병단 내에서는 그의 실력에 이견을 다는 사람이 없지만, 정작 용병 왕국 내의 다른 용병들은 루슬릭의 실력에 대해 잘 알지 못하고 있었다.

기껏 해야 다른 로열 나이트 용병들보다 조금 강한 정도?

강하면 얼마나 강하셨냐는 의견이 지배적이었다.

하지만 이번 사건으로 인해 지금은 은퇴했다고는 해도 과거 제1로열 나이트 용병이었던 루슬릭에 대한 평가가 확 돌변했다.

단신으로 용병 왕국과 싸워 이긴 용병.

로열 나이트 용병 넷과 싸워 밀리지 않았으며, 그 과정에서 제2로열 나이트 용병 렝을 죽이고 돌아갔다.

그에 대한 소문을 퍼지고 퍼져 용병 왕국 전역, 나아가 대륙 곳곳으로 퍼졌다.

*   *   *

"······진짜 물건은 물건이요."

루블 국왕은 루슬릭의 소문에 헛웃음을 지을 수밖에 없었다.

그 누구보다 루슬릭을 높게 평가했던 아르만 공작도 이번만큼은 놀랄 따름이었다.

"그러게 말입니다."

루슬릭에 대한 소문은 벌써 제라스 왕국까지 퍼져 있었다.

지금껏 루슬릭에 대한 소문의 전부는 제1로열 나이트 용병단의 단장으로, 전쟁을 승리로 이끄는 주역 정도였다.

그것은 곧 잘 싸우는 용병, 그 이상으로 평가되지 않는 것이나 마찬가지였다.

아무리 실력이 뛰어나도 전쟁은 전쟁.

용병단이 함께하는 이상 그것은 용병단이 대단한 것이지, 루슬릭이 대단한 게 아니었으니까.

하지만 이번 사건은 달랐다.

고작 둘.

그것도 다른 로열 나이트 용병들을 상대한 사람은 루슬릭 혼자였다.

용병 왕국을 상대로 고작 둘이서 승리를 거둔 것이나 마찬가지인 것이다.

"그대는 언제나 먼 미래를 내다보는군."

"무슨 소리십니까?"

"언제 한번 그대가 그를 용병왕과 같이 평가하지 않았소."

"아, 그것 말입니까?"

아르만 공작은 루슬릭을 평가할 때 몇 번 용병왕과 비교하곤 했다.

그가 언제고 용병왕과 같은 인물이 될 것이라며, 그를 치켜세웠다.

하지만 그 언제고가 이렇게 빠른 시일이 될 줄은 꿈에도 몰랐다.

그저 먼 미래의 일일 것이라 생각했는데, 벌써 세간에서는 루슬릭을 용병왕과 같은 위치로 놓고 보는 사람도 생겨나고 있었다.

"그를 우리 편으로 만들어야 하네."

루슬릭의 능력이야 이미 차고 넘칠 만큼 증명되었다.

마침 그가 발붙이고 살고 있는 땅이 제라스 왕국이었다.

잘만 하면 그를 왕국의 사람으로 귀속시킬 수도 있을 것이다.

"꼭 그럴 필요는 없습니다."

하지만 아르만 공작의 생각은 조금 달랐다.

"왜지?"

"그는 이대로가 가장 적당합니다. 어차피 그와 우린 가는 길이 다릅니다. 다만, 목적지가 같을 뿐이지요."

루슬릭은 용병이었다.

반면 루블 국왕과 아르만 공작은 제라스 왕국 그 자체라고 할 수 있었다.

살아가는 세계에서부터 공존하기 힘든 부분이 많았다.

"그는 그대로 우리를 도와줄 겁니다."

자신감 있게 말하던 아르만 공작이 이내 조금 작아진 목소리로 말을 이었다.

"……아마도요."

                    *   *   *

"아이고, 삭신이야."

잠결에서 일어난 루슬릭이 어깨를 툭툭 두드렸다.

루슬릭과 루나는 산 중턱에 모닥불 하나를 피워놓고 야영을 하고 있었다.

산길을 타고 걷다가 중간에 해가 지는 바람에 일단 쉬어가기로 한 것이다.

루슬릭은 무더위에 벗어 나뭇가지에 걸어두었던 옷을 집어 입었다.

상처는 거의 다 아물었다.

이런 상처가 어떻게 벌써 아무냐고, 의사가 말도 안 된다고 따질 정도였다.

우스갯소리로 했던 침만 바르면 낫는다는 말이 현실이 되고 말았다.

"어깨는 다 나은 거야?"

"어깨고 뭐고, 뼈근해 죽겠다."

"하여간 전투 민족이라니까."

언제나처럼 루슬릭의 침상 밑에서 기대고 있던 루나가 그를 타박했다.

용병 왕국을 떠나고 벌써 보름이 넘었다.

이미 이곳 주위에까지 루슬릭의 소문이 돌고 있었다.

근래 들어 루슬릭의 소문을 새로 떠오르는 화제였다.

안톤 제국과 안데르센 왕국의 전쟁만큼이나 루슬릭의 소문은 발 빠르게 퍼졌다.

전쟁이야 매 시대마다 지루하게 터지는 일이지만, 새로운 영웅의 등장은 사람들의 눈과 귀를 집중시키는 힘이 있었다.

"이 인간이 뭐라고 영웅이라는 건지."

"그러게 말이다."

스스로 생각해도 자신은 영웅과 거리가 너무 멀었다.

굳이 분류하자면 루슬릭은 악인에 조금 더 가까웠다.

"사람 죽이기 좋아하고, 툭하면 때리고, 욕하고. 또 뭐가 있더라……."

"앞에 건 빼지? 내가 변태 새끼도 아니고 사람 죽이는 걸 왜 좋아해?"

"어? 좋아하는 줄 알았는데."

루나가 혀를 내밀며 장난스럽게 말했다.

루슬릭은 그러거나 말거나 일어나 팔을 빙글빙글 과장되게 돌렸다.

"어때? 다 나았어?"

"대충은?"

보름 만에 나을 상처는 절대 아니었다.

마법사의 도움을 받았던 것도 아니고, 약초 조금 발랐을 뿐
이었다.

루슬릭 스스로가 생각하기에도 비정상적으로 빠른 회복력
이었다.

"얼마나 더 가야 돼?"

느릿느릿 움직이다 보니 목적지까지 도착하는 게 더뎠다.

"금방이야."

"지름길이라며?"

"응. 응?"

곰곰이 생각하던 루나가 해맑게 웃으며 덧붙였다.

"아마도?"

"……시발, 널 믿은 내가 등신이지."

밀려오는 짜증에 머리를 벅벅 긁으며 루슬릭이 걸음을 옮
겼다.

아직 해가 완전히 뜨지는 않았지만, 이 정도면 다시 길을
가기에 충분했다.

루슬릭의 뒤를 따라 루나가 육포 따위를 먹으며 걸어왔다.

"아침부터 고기냐?"

"헐, 이게 고기야?"

"그럼 그게 풀이냐?"

그렇게 말하면서도 루슬릭은 루나의 손에 들린 육포를 한 움큼 뺏어 손에 쥐었다.

말은 하지 않았지만 그 역시도 꽤 출출했던 참이었다.

그렇게 두 사람이 육포 끝을 입에 물고 질겅거렸다.

"아, 저기 보이네."

익숙한 풍경.

이렇게 빠른 시일에 다시 오게 될 줄은 몰랐던 곳이었다.

"안녕, 반갑다."

안데르센 왕국.

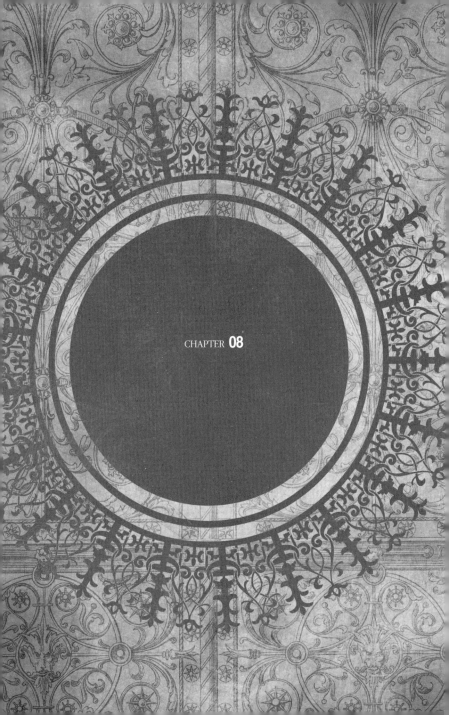

CHAPTER **08**

안데르센 왕국은 대륙을 막는 방패다.

대륙의 구석에 위치하면서도 제국이며 최강국인 안톤 제국을 막아내는 방패.

안톤 제국의 대륙 진입은 안데르센 왕국뿐만 아니라 다른 모든 왕국이 부담스러운 일이었다.

때문에 지금껏 대륙은 안톤 제국이 전쟁을 일으키면 가장 먼저 안데르센 왕국에 힘을 실어주곤 했다.

그것이 바로 안톤 제국에 대항하기 위한 일시적인 왕국 동맹이었다.

안데르센 왕국에는 각 왕국의 대표 사신들이 모여 있었다.

그들은 각자 왕국의 지원군을 이끌고 안데르센 왕국에 힘을 실어주고자 모였다.

하지만 언제나 그렇듯, 왕국은 마음이 하나로 뭉치기란 쉬운 일이 아니었다.

"대체 나보고 어쩌라는 건지……."

아직 어린 나이의 칸투 국왕은 각 왕국의 사절단으로부터 시달리느라 근래 머리가 깨질 지경이었다.

사절단의 대표는 대부분이 나이가 많은 노귀족이었다.

아무리 어리다 해도 중년, 칸투 국왕보다 몇 배는 더 살아온 어른들이었다.

그들은 아무리 왕이라 해도 아직 어린 칸투 국왕을 내심 무시했고 그런 그들의 생각은 표정이나 말투에서도 고스란히 묻어나왔다.

애초 안데르센 왕국은 지원을 받는 입장으로서 그들에게 잘 보여야 하는 입장이었다.

"폐하, 저 카온입니다."

"들어오게."

지친 목소리로 대답한 칸투 국왕은 읽고 있던 서류를 잠시 덮었다.

대부분 보면 볼수록 두통만 심해질 사절단의 요구 사항이

적힌 자료들이었다.

칸투 국왕과 마찬가지로 근래 들어 지쳐 보였던 그였다.

한데, 집무실로 들어온 카온의 표정은 어딘지 모르게 잔뜩 들떠 있었다.

"무슨 일인가?"

"반가운 사람이 찾아 왔습니다."

"반가운 사람?"

"폐하도 소문은 들어 아시지 않습니까?"

"소문이라니 대체 어떤……!"

말을 잇던 칸투 국왕이 자리에서 벌떡 일어났다.

근래 들어 떠올릴 소문 거리는 하나밖에 없었다.

"잘살아, 꼬맹이?"

문을 덜컥 열고 막무가내로 들어온 남자.

루슬릭이 밝은 표정으로 인사했다.

*   *   *

후루룩—

역시나 시원하게 찻잔에 담긴 차를 원샷하며 루슬릭이 바싹 마른 목을 축였다.

"미지근하네."

"그 정도 온도가 딱 적당하다. 너무 뜨겁거나 차가우면 향이 죽어버려."

"향은 무슨. 쓴맛밖에 안 나는구만."

한 모금이 어지간한 평민 밥 한 끼보다 비싼 귀한 차를 단숨에 마셔 버린 루슬릭은 천연덕스레 옆에 있던 시녀에게 한 잔 더 부탁했다.

쓰다고는 했지만 그래도 못 먹을 만하지는 않았다.

"여기까진 어쩐 일인가?"

"하여간 그 말투 좀 어떻게 안 되냐? 머리에 피도 안 마른 새끼가."

다른 사람이 이런 무례한 말투를 사용했다면 당장에 경을 칠 일이었다.

칸투 국왕 이전에 충성심 강한 카온이 가만히 있지 않을 것이다.

하지만 칸투 국왕은 물론, 카온 역시 그저 웃을 뿐 별다른 말은 하지 않았다.

루슬릭은 충분히 이런 말을 할 자격이 있는 사람이었다.

"뭐, 너한테 볼일 있어서 온 건 아니야."

"그럼?"

"내가 키운 애새끼들은 내가 돌봐야지."

"······?"

뜻 모를 소리에 칸투 국왕과 카온이 고개를 갸웃거렸다.

내가 키운 애새끼들이라니?

"안톤 제국에서 고용한 용병단. 내가 예전에 거기 단장이었어."

"⋯⋯정말이냐?"

기구한 인연이었다.

용병단의 단장은 안데르센 왕국을 구했는데, 정작 그 용병단은 왕국을 위협하고 있는 실정이라니.

게다가 그 단장은 이제 자신의 용병단을 막겠다고 나섰다.

"뭐⋯ 사실 어떻게 될지는 몰라. 렝이란 놈이 죽어서 그놈들 단장이 다시 공백인 상태거든. 용병 왕국으로 다시 돌아갈 수도 있고."

"아, 소문 들었다. 여기서 일만 해도 대단했는데, 더 대단한 일을 해냈더군."

"대단하긴."

어깨를 한 번 으쓱인 루슬릭이 중얼거리듯 대답했다.

"영감이 없어서 가능했던 거지."

"영감?"

"용병왕 말이야. 왕은 염병. 다 늙어가는 노인네가."

용병왕의 이름이 언급되자 칸투 국왕과 카온이 흥미를 보였다.

그러고 보니 그 유명한 용병왕을 가장 가까이서 보아온 사람이 바로 루슬릭이었다.

"용병왕은 어떤 사람인가 대체?"

"나도 궁금하군."

칸투 국왕의 말에 카온이 잔뜩 상기된 표정으로 동조했다.

졸지에 용병왕 소개 가이드가 된 루슬릭은 똥씹은 표정을 지었다.

"그냥, 성격 이상한 영감님이야."

"이상해? 어떤 식으로?"

"세상만사에 초탈한 것 같다가, 어떨 때에는 욕심이 엄청 많기도 하고. 겉으로 보기엔 약해 보이는데 실제로는 또 엄청 세고."

그때, 루슬릭이 눈을 가늘게 좁히며 중얼거렸다.

"그러고 보니, 그 영감님. 안톤 제국에 있을지도 모르겠군."

"용병왕이 안톤 제국에 말인가?"

용병 왕국이 안톤 제국과 모종의 관계를 가지고 있다는 것쯤은 안데르센 왕국도 모르는 바가 아니었다.

하지만 지금껏 잠잠하던 용병왕이 직접 움직일 정도일 줄은 아무도 상상하지 못했다.

그저 용병 왕국 전체가 움직일 정도로 큰 계약이 이루어졌다고만 생각하고 있었는데 말이다.

"의외군."

"의외라니? 왜?"

"용병왕이 일선에서 물러난 지 벌써 십 년이 훌쩍 넘지 않았나? 이제 와서 그가 움직이다니……."

"의외일 것까지야. 그 영감님 평생 소원이신데."

다른 사람들과는 달리, 루슬릭은 용병왕의 야망을 잘 안다.

평민으로 태어나 용병으로서 왕이 된 사람이 바로 용병왕이다.

그는 왕이라는 이름에서 멈추지 않고, 자신의 손으로 통일된 대륙을 이룩하는 모습을 보고자 했다.

그것이 바로 용병왕이 원하는 이상이었다.

"……생각보다 문제가 크군."

"사실상 용병 왕국과 안톤 제국의 연합이나 다름없지."

드르륵—

칸투 국왕이 자리에서 벌떡 일어났다.

"잠깐 같이 가지."

자신을 잡아끄는 칸투 국왕에게 루슬릭이 시큰둥하게 답했다.

"어? 나 배고픈데."

*   *   *

칸투 국왕을 따라간 루슬릭은 눈을 가늘게 뜨며 그를 째려
봤다.

'장난하냐?'

그의 눈빛을 읽은 칸투 국왕이 조심스레 고개를 숙였다.

'미안하네.'

루슬릭을 잡아끌고 온 곳은 바로 각 왕국의 사신이 모여 있
는 회의장이었다.

원탁 하나가 전부인 넓은 방 안은 주로 소규모의 안건을 진
행하거나 타국의 사신들과 접견을 가지는 장소였다.

각 왕국의 사신들은 칸투 국왕과 함께 온 루슬릭을 보고는
의아한 표정을 지었다.

"그자는 누굽니까?"

"옷이 영……."

"게다가 얼굴도 영…….'

"얼굴이 뭐?"

눈에 쌍심지를 치켜세우며 루슬릭이 그를 노려봤다.

살기 띤 루슬릭의 표정에 말을 꺼낸 귀족이 자기도 모르게
슬며시 시선을 돌렸다.

못생겼다는 게 아니라 너무 어린 녀석을 데려온 게 아니냐

는 뜻이었지만, 루슬릭의 귀에는 왜곡되어서 들린 것이다.

"이자는 내가 잘 아는 용병이오."

"용병?"

"아, 그래서 옷이……."

"너무 어리지 않나?"

"그보다 용병을 왜?"

다섯 명의 사신은 저마다 대화를 나누기에 바빴다.

한 나라의 왕을 앞에 두고 무례한 행동이었다.

하지만 그들은 전혀 그런 사실을 깨닫지 못하고 있었다.

"뭐가 이리 개판이야?"

별 생각 없이 던진 루슬릭의 한마디에 장내가 조용해졌다.

"개판이라니?"

"아, 내 말이 거슬렸어? 그럼 개판 오 분 전이라고 해 줄까?"

가장 젊은 중년 귀족이 발끈하자 루슬릭이 한숨과 함께 대답했다.

다른 노귀족들은 그런 중년 귀족과 루슬릭을 번갈아보며 상황을 지켜보았다.

제 성질을 못 이긴 중년 귀족은 그들을 대표해 루슬릭의 행동을 지적했다.

"어디서 감히 용병 나부랭이가 대류의 대소사를 정하는 자리에 참견하는 게냐?"

"그러게 말이야. 내가 왜 여기 왔을까, 응? 누가 데리고 왔더라? 응?"

루슬릭은 턱짓으로 칸투 국왕을 가리키며 계속해서 물었다.

그러자 중년 귀족이 질문을 던진 대상이 얼떨결에 루슬릭이 아닌 칸투 국왕이 되어버렸다.

즉, 한 나라의 왕인 칸투 국왕에게 왜 저런 녀석을 데리고 왔냐고 따진 꼴이 되어버린 셈이었다.

"생각 좀 하고 말해라. 그래도 한 나라의 대표라는 새끼가 뇌가 없냐? 질문할 걸 해야지."

"네 이놈……."

"화 나냐? 나도 좆같아. 네 혓바닥에서 내가 제일 싫어하는 말이 나왔거든."

쉬익―

순식간에 루슬릭의 손이 중년 귀족의 목을 감쌌다.

깜짝 놀란 중년 귀족이 황급히 몸을 뒤로 뺐지만 이미 루슬릭의 손은 그의 목덜미를 잡아챈 후였다.

다행히 루슬릭의 손은 그의 목을 잡아챘을 뿐, 조르거나 하지는 않았다.

고작 이 정도로 누굴 죽일 만큼 루슬릭은 모질지 않았다.

"헙!"

"용병 옆에 나부랭이고 뭐고, 그딴 단어 좀 안 붙게 해라. 알겠냐?"

용병왕이 대륙을 갈아엎고 싶어 하는 이유가 바로 여기에 있었다.

아무리 용병들의 위상이 높아졌다 한들, 귀족들은 여전히 용병을 저급한 직책으로 인식하고 있었다.

평민들 역시 상대적으로 용병과 귀족들을 놓고 비교했을 때 귀족에 대한 인식이 훨씬 좋았다.

아무리 위상이 높아져 봤자 돈 받고 칼 빌려주는 것들.

그게 용병들의 인식에 대한 한계였다.

그것을 깨고자, 용병들의 힘을 빌어 대륙을 일통한 역사를 만들고 싶어 하는 것이다.

"대답."

"네……."

"옳지."

순식간에 압도된 중년 귀족은 잔뜩 움츠러든 대답과 함께 고개를 끄덕였다.

루슬릭은 잡고 있던 목을 놓고 가까운 자리 아무데나 앉았다.

"이제 말해주십시오, 국왕 폐하. 저자는 누구입니까?"

그때, 귀족들의 중앙에 있던 노귀족이 천연덕스레 입을 열었다.

그는 앞서의 중년 귀족과는 달리 꽤나 침착했다.

이십 대로 보이는 젊은 용병의 무례에도 전혀 당황하지 않고, 칸투 국왕의 의중을 먼저 살폈다.

다른 노귀족들 역시 마찬가지였다.

그들은 하나같이 각 왕국에서 선발되어 온 대표였다.

정치판에서 뼈가 썩고 피부에 검버섯이 필 정도로 오래 굴러먹은 이들이었다.

고작 이런 일로 흥분할 사람들이 아닌 것이다.

"아까 말했다시피 내가 잘 아는 용병이네."

"잘 안다니, 폐하께서 어떻게 용병을 알게 되었는지요?"

"자네들도 아마 모르지 않을 걸세. 이자가 바로 얼마 전, 용병 왕국에서 그 난리를 피웠던 장본인이니까."

칸투 국왕의 소개에 그토록 침착하던 노귀족들이 깜짝 놀랐다.

루슬릭에 대한 소문은 용병들 사이에서뿐만 아니라 귀족들 사이에서도 무척 유명했다.

아무렴 단신으로 용병 왕국을 뒤집어놓은 사람인데, 어련할까.

순식간에 루슬릭을 보는 귀족들의 눈빛이 변했다.

단신으로 용병 왕국을 뒤집어놓을 정도라면 신분을 제쳐
두고서라도 어마어마한 실력자임이 틀림없었다.

"이거, 생각보다 어린 친구였군."

"내 나이 마흔인데, 어려?"

"허허, 내 나이가 벌써 예순이네. 뭐 잘못됐는가?"

"뭐, 먹을 만큼 먹었네."

손을 툭툭 털어내며 루슬릭이 칸투 국왕을 바라봤다.

"근데 난 왜 여기로 데려왔냐? 배고파 죽겠는데."

거침없이 반말을 내뱉는 루슬릭의 모습에 노귀족들은 다
시 한 번 놀랐다.

아무리 용병이고 예의범절을 모른다고 하지만, 어찌 한 나
라의 왕에게 말을 낮출 수 있단 말인가.

더 놀라운 점은 칸투 국왕의 반응이었다.

"방금 네가 해준 말이 다시 필요하다."

"아, 그거?"

마치 당연하다는 듯 루슬릭의 반말을 받아들이는 모습에
서 노귀족들은 루슬릭과 칸투 국왕의 사이가 보통이 아님을
알 수 있었다.

아무리 소문 속의 대단한 용병이라 해도, 안면이 없었다면
칸투 국왕이 루슬릭의 하대를 이리 자연스럽게 받아들일 리
없기 때문이었다.

게다가 그 뒤쪽의 근위기사단장까지 가만히 있는 것을 보면 틀림없었다.

"방금 전, 루슬릭과 이야기를 나누던 도중 중요한 이야기를 들었소."

"대체 무슨 이야깁니까?"

"루슬릭 경."

칸투 국왕의 부름에 루슬릭은 방금 전 했던 이야기를 다시 한 번 반복했다.

용병왕의 목적.

단순히 용병 왕국이 안톤 제국과 계약을 한 것이 아닌, 동맹의 관계일 수 있다는 이야기였다.

지금껏 용병 왕국과 안톤 제국의 관계를 용병과 고용주의 관계로 놓고 보았던 그들에게는 충격적인 소식이었다.

"으음……."

"안톤 제국과 용병 왕국이 완전히 손을 잡았다, 이건가?"

"어쩐지. 용병들의 규모가 너무 크다 했어."

몇몇 귀족은 고개를 끄덕였다.

"그 말을 어떻게 믿지?"

"하긴, 용병 한 명 말만 믿고 판단하기엔 너무 큰일이긴 하군."

몇몇 귀족은 루슬릭을 의심했다.

"믿든지 말든지."

그러거나 말거나 루슬릭은 손가락으로 귀를 후비며 다른 한 손으로는 주린 배를 쓰다듬었다.

이상할 정도로 천연덕스러운 모습에 오히려 귀족들이 당황스러울 정도였다.

"이야기 끝났으면 가봐도 되냐? 배고프다."

"조금만 더 기다리게. 아직 의심을 거두지 않은 사람들이 있는 것 같으니."

"나보고 더 어쩌라고? 시발, 내가 뭐 죄졌냐? 결백하다고 변명이라도 해야 돼?"

루슬릭과 칸투 국왕의 대화에 귀족들의 머릿속에는 점점 의심이 사라졌다.

'이거 아무래도……'

'거짓말은 아닌 것 같군.'

그때, 처음 말문을 열었던 중년 귀족이 다시 입을 열었다.

"그런데 국왕 폐하와 그대는 무슨 관계요? 보통 관계는 아닌 것 같은데. 일부러 이런 이야기를 전하러 온 것을 보면 말이오."

"내가 언제 이 이야기 하러 왔다고 했냐?"

"그럼 아니오?"

"아니야."

예상외의 대답이었다.

고개를 갸웃거리며 중년 귀족이 다시 물었다.

"그럼 대체 왜 일부러 여기까지……?"

"니들 내가 누군지 아는 거 아니었냐?"

"알다마다. 지금은 은퇴했지만 과거 제1로열 나이트 용병단을 맡았던, 세간에서 용병왕과 비견되는 용병이 아니신가?"

한 노귀족이 루슬릭을 잔뜩 치켜세웠다.

그는 무슨 이유에선지 루슬릭을 향해 두 눈 가득 적의를 가지고 있었다.

"영감, 왜 그래? 그러다 내 얼굴 뚫어지겠어."

"왜 그러냐고? 아 참, 이거 내 소개가 늦었군."

노귀족은 한 차례 목을 가다듬더니 걸걸한 목소리로 말했다.

"팔크스 왕국의 데킨 공작이다. 기억할지 모르겠군."

"데킨 공작?"

어디선가 들어본 이름이었다.

아니, 이름은 바로 기억나지 않더라도 팔크스 왕국이라면 왜 자신을 싫어하는지 알 것 같았다.

"쪼잔하게."

"뭣이! 쪼잔?"

"지금 예전에 그 일 가지고 따지는 거 아냐?"

뿌드득—

자신을 데킨 공작이라 소개한 노귀족은 그렇지 않아도 성치 않은 이를 갈아댔다.

"그래, 맞다."

오 년 전, 르만 왕국과 팔크스 왕국 사이에 큰 전쟁이 벌어졌다.

작은 지역 다툼으로 시작한 싸움은 왕국간의 전쟁으로 번졌고, 그 과정에서 두 왕국은 각각 용병 왕국에 의뢰를 하기까지 했다.

그중 르만 왕국에게 고용된 사람이 바로 루슬릭을 비롯한 제1로열 나이트 용병단이었다.

그 전쟁에서 루슬릭의 활약은 대단했다.

단신으로 적군에 쳐들어가 수백의 병사들을 죽이고, 검왕이라 칭해지던 기사를 죽였으며, 적장의 목을 베었다.

그의 활약으로 전세가 뒤바뀌어 전쟁이 끝났다 해도 과언이 아닐 정도였다.

"가만… 검왕이라던 새끼 이름이……?"

"그래! 그 검왕 새끼가 바로 내 동생이다!"

"아, 그랬어?"

데킨 공작의 뇌리에 아슬아슬하게 연결되어 있던 실이 뚝

끊어졌다.

"크아아아아아악!"

"아오, 뭔 노친네 성깔이 이리 더러워?"

루슬릭은 자신을 향해 달려드는 데킨 공작의 머리를 한 손으로 쭉 밀어냈다.

몸이라곤 생전 써본 적 없는 데킨 공작이 루슬릭을 힘으로 이길 가능성은 조금도 없었다.

루슬릭은 성가시다는 표정으로 장내를 돌아봤다.

"르만 왕국 놈 있냐?"

"……놈이라니, 기분이 썩 좋지만은 않소만."

"개소리 말고. 뭐라 말 좀 해봐. 니들이 내 고용주였잖아?"

지금 이 상황에서 루슬릭의 말은 이간질이나 다름이 없었다.

르만 왕국의 귀족 역시 꽤나 난감했다.

지금 이 상황에서 루슬릭의 편을 든다면 데칸 공작과 싸울 게 뻔하고, 그렇다고 데칸 공작의 편을 들 수도 없는 노릇이 아닌가.

"허허."

"허허는 무슨. 할 말 없냐?"

"전쟁에 용병을 고용한 게 뭐 그리 잘못인가?"

"들었어? 영감?"

"들었다!"

"그럼 좀 꺼져! 용병이 돈 받고 칼 빌려주는 게 어디 하루 이틀인가?"

용병이 생겨나기 시작한 아주 오래전부터, 대륙에는 공공연한 불문율이 존재했다.

고용된 용병에게는 죄를 묻지 않는다.

범죄와 관련된 일만 아니라면 고용된 용병이 살인을 저지르건 어쩌건 그에 대한 죄는 고용주에게 있었다.

용병은 말 그대로 돈을 받고 칼을 빌려주는 존재들.

그 칼을 누구에게, 어떻게 휘두를지에 대한 선택은 고용주의 몫이었다.

"네놈만 아니었다면, 내 동생을 죽일 놈은 없어!"

"아, 그런 거였어?"

이 말만은 고개를 끄덕일 만했다.

데칸 공작의 동생, 검왕 레오딕.

그의 실력은 직접 싸워본 루슬릭이 잘 알고 있었다.

제라스 왕국에 전신 네리어드가 있다면, 팔크스 왕국에는 검왕 레오딕이 있었다.

그는 팔크스 왕국을 대표하는 왕국 제일 검이었다.

루슬릭은 오 년 전 전쟁에서 레오딕을 만나 반나절을 싸웠다.

아무리 실력이 비슷하다 한들, 끝은 있게 마련이었다.

결국 싸움은 루슬릭의 승리로 끝이 났고, 레오딕은 그 전쟁에서 목숨을 잃었다.

그런 원한이었다면 이해가 갔다.

루슬릭만 아니었다면 레오딕을 상대할 만한 검사가 르만 왕국엔 존재하지 않았다.

당연히 루슬릭이 없었다면 레오딕이 죽을 일도 없었을 것이다.

"그럼 내가 죽었어야 했어?"

"그건!"

"영감, 억지를 부려도 좀 제대로 된 걸 부려. 당신 동생도 검사였고, 제 명에 못 살 거란 것쯤은 염두에 두고 있어야 하지 않아? 내가 무슨 비겁한 수를 썼던 것도 아니고 말이야."

딱—

루슬릭이 손가락을 튕겨 데칸 공작의 이마를 때렸다.

"꼴값 떨지 말고 진상 좀 작작 부려, 영감. 난 잘못 없어."

루슬릭을 잘 아는 사람이라면 이만하면 다행이라고 생각할 것이다.

진상을 부리는 데칸 공작을 당장 쳐 죽이겠다고 주먹부터 나가지 않은 것만 해도 그의 성격에서는 성질을 많이 죽이고 있는 것이었다.

조목조목 따지고 들자, 데칸 공작도 슬슬 이성을 찾았다.

처음에는 동생을 죽인 원수라는 생각에 화가 났었는데, 조금만 더 생각해 보면 그게 아니라는 것쯤은 바보가 아닌 이상 알 수 있었다.

그의 동생이 죽은 데에는 누구의 잘못도 없었다.

전쟁이라는 비극이 낳은 안타까운 결과일 뿐이었다.

"……미안하군."

"역시 한 대 맞아야 정신을 차린단 말이지."

"이마가 좀 아프긴 하지만, 내 잘못도 있으니 이만 물러나도록 하지."

방금 전까지 잔뜩 흥분했던 게 믿기지 않을 정도로 데칸 공작은 침착하게 자리에 앉았다.

소란스러워진 장내가 진정되는 데에는 그리 오랜 시간이 걸리지 않았다.

"그래서? 자네는 여기 왜 왔나? 그리고 묻겠는데, 자네는 누구의 편이지?"

"왜 왔는지는 안톤 제국에 고용된 용병들이 내 밑의 놈들이었으니까. 그 새끼들, 죽여도 내가 죽이고 설득해도 내가 설득해."

"그렇군. 설득이라……."

안톤 제국이 고용한 용병들에 대한 이야기는 이미 수도 없이 언급되었다.

현 상황에서 가장 큰 골칫거리가 바로 그들이었다.

용병들 한 명, 한 명의 실력도 어지간한 병사들은 가볍게 쪄먹을 정도였고, 그들 중 몇몇 용병은 기사들도 상대하기 힘들 정도였다.

특히 주먹으로 성문을 때려 부순 용병의 등장은 안데르센 왕국에게 있어 재앙이나 다름없었다.

그런 게 가능할 것이라곤 그 누구도 상상하지 못했다.

"설득할 수만 있다면 그거야말로 최선이지."

"기대는 안 해. 몇 명은 몰라도, 다는 못해."

옛 단원이라고 해서 다 똑같은 것만은 아니다.

루나처럼 용병단을 떠나 루슬릭을 따르는 단원이 있는가 하면, 토르처럼 반대로 용병왕을 따르는 단원들도 있었다.

뿐만 아니라 용병 왕국에 가족이 있거나 계약과 같은 모종의 이유로 용병단에 남아 있을 수밖에 없는 단원들까지.

몇몇이면 모를까, 루슬릭은 그들을 모두 설득할 자신이 없었다.

"설득이 안 되면 어떻게 할 텐가?"

"……글쎄."

"애매한 대답이군. 그럼 묻겠네. 자넨 우리 편이 맞나?"

앞서의 질문과는 달리, 이번만큼은 확실히 대답할 수 있었다.

"아닌데?"

"……뭣?"

"난 내 편이야. 누구 편도 아니고. 뭐, 내가 하고 싶은 일이 너희가 원하는 일이긴 하지만."

"흠, 그 역시 애매한 대답이군."

누구의 편도 아니지만, 결국 목적은 같다.

"그래도 일단은 아군이라고 생각할 수 있겠지?"

"응. '일단'은."

루슬릭은 일단이라는 말에 힘을 주었다.

자신 역시 상황이 어떻게 되어 그들에게 다시 칼을 겨누게 될지는 알 수 없었다.

다만, 지금 당장은 그들이 원하는 대로 원래의 단원들을 설득하고자 할 뿐이었다.

"그렇다면야. 이거 든든하군."

"할 말 끝났지? 그럼 나 배 좀 채우자. 배고파 죽겠네."

＊　　　＊　　　＊

루슬릭과 루나는 안데르센 왕국의 귀빈으로 대접받았다.

칸투 국왕은 루슬릭에게 타국의 사신들과 같은 수준의 대우를 해주었다.

덕분에 루슬릭과 루나는 보름간의 긴 여정으로 인한 피로를 말끔하게 풀 수 있었다.

"뭐래?"

막 씻고 나와 젖은 머리를 털어내며 루나가 물었다.

도착하고부터 바로 방에 머물고 있던 루나는 루슬릭과 칸투 국왕이 나눈 이야기를 전혀 알지 못했다.

"뭐가?"

"그 어린 왕 말이야. 별말 안 해?"

"그냥 몇 가지 약속만 받아왔어."

"무슨 약속?"

"다음 전쟁터에 나랑 너도 같이 데려가 주겠다는 약속."

안데르센 왕국과 안톤 제국은 지금도 계속 전쟁 중이었다.

만트라 성을 포함해 몇 개의 성이 함락되긴 했지만 아직까지 안데르센 왕국은 안톤 제국에게 진 게 아니었다.

무슨 이유에서인지 근 열흘간 안톤 제국은 진격을 멈추고 있었다.

속전속결로 밀리고 있던 안데르센 왕국의 입장에서는 진열을 가다듬을 수 있는 기회였다.

루슬릭은 안톤 제국이 멈춘 이유를 렝의 부재에서 찾았다.

현 제1로열 나이트 용병단은 렝에게 흡수되어 있었다.

그들의 단장은 렝이었으니, 그의 부재로 용병단에 문제가 생겼다 해도 이상할 건 없었다.

"이야기를 들어보니 조만간 다음 성에 병력을 보낼 모양이더라고. 거기에 너랑 나도 같이 합류하기로 했지."

"홍, 그래?"

이런 호의를 받을 수 있는 것도 예전 의뢰에서 칸투 국왕과 친분을 쌓아둔 덕분이었다.

그렇지 않았다면 아마 루슬릭의 정체부터 의심을 했을 것이고, 루슬릭은 아무런 도움도 없이 혼자 전쟁터를 찾아다녀야 했을 것이다.

"잘됐네."

살짝 걱정이 섞인 목소리였다.

루슬릭이 그들을 만나 어떤 반응을 보일지, 어떤 결정을 내릴지, 모든 일이 다 끝나고 난 뒤 어떻게 될지는 그를 오래 보아온 루나도 감이 잡히지 않았다.

침상 위에 누워 눈을 감으며 루슬릭이 중얼거렸다.

"그러게. 앞으로도 잘되어야 할 텐데."

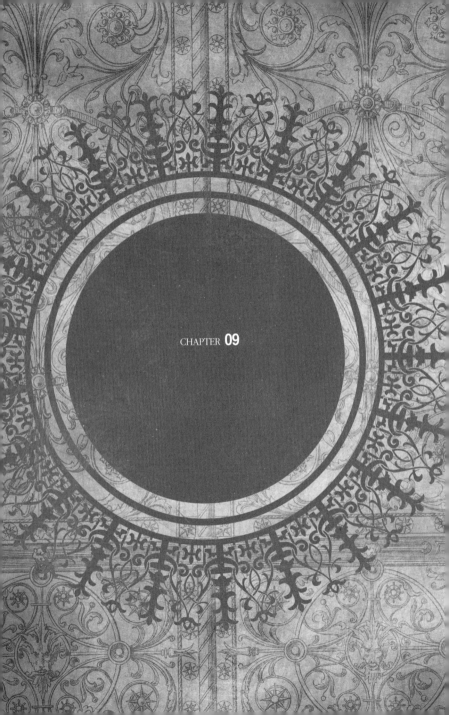

CHAPTER **09**

왕국 연합이 이끌고 온 군대와 안데르센 왕국의 군대를 지
휘할 사령관은 근위기사단장인 카온으로 뽑혔다.

전통적으로 근위기사단장은 수도에 머물며 국왕을 지키는
게 관례였지만, 칸투 국왕의 권유로 카온이 그 자리를 맡게
된 것이다.

걱정은 되었지만 카온도 극구 거절하지는 않았다.

어차피 안톤 제국을 막아내지 못하면 안데르센 왕국의 미
래는 없는 것이나 마찬가지였다.

루슬릭이라는 큰 전력이 합류한 지금, 확실하게 안톤 제국

을 막아야 했다.

칸투 국왕을 비롯한 왕국 연합은 루슬릭에게 준 간부에 맞먹는 권한을 내렸다.

덕분에 루슬릭은 전쟁에 참여한 다른 귀족들과 같이 전시 상황에 대해 실시간으로 보고를 받거나 여러 회의에 참여할 수 있었다.

물론, 그런 자리에 나갈 만큼 루슬릭이 부지런한 성격은 아니었지만 말이다.

"많기도 하네."

산턱 아래까지 끝없이 보이는 수많은 대군에 루슬릭이 질린다는 표정을 지었다.

안데르센 왕국과 제라스 왕국까지 포함된 총 여섯 개 국의 연합이었다.

지금껏 수많은 전쟁을 경험해 온 루슬릭이지만 이 정도 규모의 군대는 몇 번 본 적이 없었다.

지금 눈앞에 보이는 군대만 해도 족히 오만은 넘어 보였다.

아마 시야에 보이지 않는 병사들까지 합하면 족히 그 배는 넘으리라.

"왕국 연합이니, 당연하지."

"벌써부터 전면전이냐? 전쟁이 터진 지 얼마나 됐다고."

"전면전까진 아니다. 안톤 제국에서도 용병들을 앞세워 조금씩 밀고 들어올 뿐, 정작 규모는 그리 크지 않아. 밝혀진 안톤 제국군 규모의 크기는 십만도 되지 않는다."

"그런데도 그렇게 형편없이 밀려? 안데르센 왕국, 이름값 못하네."

루슬릭의 발언에 카온이 발끈했다.

"이게 다 누구 때문인데?"

"나 때문이냐, 그럼?"

"네가 아니라 네 밑의 단원들 때문에……."

"애새끼들 젖 뗸 지가 언젠데, 아직도 엄마 탓이냐?"

엄연히 말해서 루슬릭이 키운 용병단인 것은 맞지만, 그걸 루슬릭의 탓으로 돌릴 수도 없었다.

카온 역시 그것을 알기에 기분은 나쁘지만 입을 다물 수밖에 없었다.

안데르센 왕국의 성들은 하나같이 산에 둘러싸여 수성에 유리했다.

그런 수성의 이점이 깨어진 이유가 바로 루슬릭이 키운 용병단 때문이었다.

십여 명이 넘는 무시무시한 실력자.

그리고 그들의 선두에 자리한 괴력의 용병 둘.

그들은 순식간에 성문을 부수는 것으로 수성의 가장 큰 이점을 부수고 들어왔다.

그들만 어떻게 할 수 있다면 이번 전쟁이 한결 수월해질 게 분명했다.

"그나저나, 안톤 제국엔 흑마법사들이 나타나지 않았나 봐?"

"흑마법사들?"

카온은 무슨 소리냐는 듯 고개를 갸웃거렸다.

"역시 안 나타났어?"

"처음 듣는 소리다. 갑자기 그 얘기는 왜 하는 거지?"

"내가 알기론 다른 왕국에도 다 흑마법사들이 나타났다던데. 배후는 안톤 제국이고."

카온이 걷다가 말고 깜짝 놀랐다.

"배후가?"

"예전에 용병 왕국에서 의뢰를 맡았을 때, 흑마법사들 배후에 안톤 제국이 있던 걸 알았지. 이번에도 마찬가지일 거야."

"대체 흑마법사들은 왜……?"

"그보다 난, 여기만 조용했다는 게 더 걸리는데."

이상한 기분이 들었다.

제라스 왕국을 포함한 다른 왕국은 한동안 흑마법사들의 출현으로 인해 난감한 상황을 겪었다.

그런데 안데르센 왕국만 잠잠했다?

게다가 흑마법사들이 생각보다 빠르게 잠적한 것도 이상했다.

"뭐, 지금이야 아무래도 상관없나?"

어차피 벌어진 전쟁이다.

안톤 제국에 비하면 흑마법사들의 규모야 그리 크지도 않았다.

루슬릭은 자기가 흑마법사들을 너무 과하게 신경 쓴 게 아닌가 싶었다.

그때, 쾌쾌한 냄새가 그의 코를 찔렀다.

"……아니, 상관있네."

"뭐가 말이지?"

"냄새 안 나?"

구구구구구구—

왕국 연합군이 움직이고 있는 산이 진동했다.

목적지인 슈타인 요새를 코앞에 둔 상황이었다.

갑작스러운 지진에 병사들이 당황했다.

"진정해라! 몸을 숙이고 지진에 대비를……."

"지랄! 병신아, 넌 이게 지진 같냐?"

루슬릭이 쩍쩍 갈라지는 땅을 가리켰다.

"좀비다!"

                    *   *   *

　"따분해."

　와삭―

　과자를 입 안에서 씹으며 베어그가 중얼거렸다.

　그는 토르와 함께 멀리 보이는 산턱을 눈요기 삼아 과자와 빵, 고기, 술을 계속해서 입에 집어넣고 있었다.

　마침 식사 시간 때인 토르 역시 오래간만에 베어그와 함께 음식을 먹었다.

　하루 종일 음식을 입에서 떼지 않는 베어그만큼은 아니더라도 토르 역시 덩치에 맞게 엄청난 대식가였다.

　돼지 통구이 하나를 앞에 가져다 놓고 토르는 돼지의 넓적다리를 뜯었다.

　"조금만 더 기다려."

　"먹으면서 이야기하는 거 아니라며?"

　"그건 너나 그렇고."

　베어그는 퉁명스러운 표정을 지으며 입 안의 음식물을 꿀꺽 삼켰다.

　"그런데 왜 기다려야 해?"

　우적, 우적.

　두꺼운 돼지의 넓적다리가 토르의 입 안으로 사라졌다.

토르는 순식간에 하얗게 변한 뼈로 산 중턱을 가리켰다.

"저기 위험한 게 있거든."

"위험한 거?"

"그래."

돼지의 다른 한쪽 다리를 손으로 찢으며 토르가 말을 덧붙였다.

"그래서 미끼가 걸릴 때까지 기다리는 거라더군. '

                    *   *   *

쿠어어어어—

지면을 뚫고 나온 좀비들의 수는 징그러울 만큼 많았다.

게다가 병사들과 이리저리 섞여, 산속은 병사들과 좀비들로 인해 아수라장이 되어버렸다.

"……미친."

루슬릭의 얼굴이 사납게 변하며 욕설이 터져 나왔다.

대체 좀비가 얼마나 되는 것이란 말인가?

병사들과 섞여 제대로 가늠이 되지는 않지만, 병사들보다 많으면 많았지 결코 적어 보이진 않았다.

흑마법사들이 왜 그렇게 난리를 쳤는지 알 것 같았다.

이 많은 좀비를 만들기 위해, 전 대륙에 퍼져 있었던 것이다.

"진짜 구역질밖에 안 나오네."

그렇지 않아도 안톤 제국이 마음에 들지 않았던 루슬릭이
다.

대륙 일통이니 뭐니 쓸데없는 생각으로 전쟁을 일으키고,
수백만의 목숨을 종이보다 가볍게 여기는 그들의 사고방식에
구역질이 났다.

그런 데다가 좀비라니.

그것도 이 정도로 많은 수의 좀비를, 미리부터 산속에 묻어
두고 있을 정도면 이미 몇 년 전부터 이루어진 준비라고 할
수 있었다.

"이, 이게 대체 무슨……."

순식간에 패닉에 빠진 카온을 대신해 루슬릭이 검을 뽑아
들었다.

"뭐해, 머저리들아! 후딱 검 뽑고, 찔러!"

푸욱―

루슬릭의 검이 좀비 둘의 머리를 꿰뚫고 지나갔다.

"으아아아아!"

그때, 옆에 있던 병사가 좀비의 허리에 박힌 검을 뽑으며
발라당 뒤로 넘어졌다.

좀비의 피부는 병사들이 꿰뚫기엔 너무 질겼다.

베어지지 않는 것까진 아니었지만 좀비의 피부는 보통 사람보다 몇 배는 질겼다.

무엇보다 무서운 점은 고통을 느끼지 못한다는 것이다.

살아 있는 사람과는 달리, 좀비는 팔다리가 베어져도 눈에 보이는 사람을 물어뜯기 위해 달려든다.

"멍청하게 팔다리, 몸통 노리지 말고 머리만 노려, 등신들아! 이 새끼들, 머리가 잘리지 않는 이상 계속 움직여!"

루슬릭의 목소리 산속을 쩌렁쩌렁 울렸다.

오래전부터 수천의 용병, 수만의 병사 틈에서 명령을 내려오던 루슬릭이었다.

갑작스러운 상황이었지만 루슬릭이 정확한 지시를 내린 덕에 병사들은 갈피를 잡을 수 있었다.

푸욱, 푹—

서걱—

정신을 차린 병사들이 좀비들의 목을 노리고 검을 휘두르기 시작했다.

기사들의 활약이 아무래도 좀 더 컸다.

보통 사람에 비해 움직임이 둔한 좀비들은 기사의 움직임을 전혀 따라가지 못하고 순식간에 목이 베였다.

"이런 거였나?"

안톤 제국의 진군이 왜 멈췄는지 이제야 알 것 같았다.

렝의 부재로 용병단에 문제가 생겼다고 생각했는데, 그건 잘못된 생각이었다.

바로 이 좀비들 때문이었다.

이곳은 슈타인 요새를 앞둔 산턱이었다.

안톤 제국은 흑마법사들과 손을 잡고, 이곳에 좀비들이 묻혀 있다는 것을 알고 있었던 것이다.

흑마법사들이 조종하고 있다면 모를까, 이 정도 수의 좀비가 조종당하고 있을 가능성은 조금도 없었다.

이곳에 풀려 있는 좀비들은 말 그대로 고삐 풀린 망아지와 같았다.

보이는 사람은 무조건적으로 공격했다.

만약 이곳에 안톤 제국의 군대가 들어섰다면 좀비들과 왕국 연합, 안톤 제국군으로 인해 더 큰 아수라장이 되었으리라.

"젠장! 대체 얼마나 파묻은 거야?"

그그그그ー

루슬릭은 좀비들을 끝없이 베어내면서 힐끗힐끗 땅 밑을 확인했다.

아직까지도 좀비들은 계속해서 땅 속에서 기어 나오고 있었다.

처음 튀어 나온 좀비들이 전부가 아니었던 것이다.

게다가 그 틈에는 보통 사람과 다를 바 없는 민첩한 좀비들도 섞여 있었다.

강화된 좀비들은 피부도 돌처럼 단단해서 기사가 아니면 상대하기 어려움이 있었다.

파지지지지직—

콰콰쾅—!

"크아아아아악!"

그때, 병사들 틈에서 검은색 연기와 함께 큰 폭발이 일어났다.

낌새를 눈치챈 루슬릭이 기척을 느끼고 고개를 돌렸다.

"아, 역시 있었네."

산 중턱 인근으로 군데군데 흑마법사들이 퍼져 있었다.

좀비들이 왕국 연합군이 왔다고 스스로 기어 나왔을 리 없었다.

묻혀 있던 좀비들을 밖으로 끄집어낼 흑마법사들이 주위에 있는 게 분명했다.

아무리 수가 많더라도 좀비의 움직임은 굼떠서 병사들이 손쉽게 상대할 수 있었다.

강화된 좀비들도 기사들이 충분히 상대할 수 있었다.

하지만 좀비들과 함께 흑마법사들이 가세한다면 상황은 달라진다.

흑마법사들의 마법은 병사들이나 기사들이 막아내기가 힘들었다.

특히 이 많은 좀비들 틈에서 흑마법사들이 활개치고 다닌다면 더더욱 상황이 복잡해졌다.

"하나, 둘, 셋, 넷… 이거야 원, 이쪽도 끝이 없네."

루슬릭은 좀비를 베어내던 것을 멈추고 사방에 퍼져 있는 흑마법사들을 찾았다.

"루나! 그리고 카온 너도!"

"왜?"

"무슨 일이지?"

"니들 나 좀 따라와."

그 말을 끝으로 루슬릭이 냅다 달렸다.

영문 모를 일에 카온이 후다닥 그의 뒤를 따라갔다.

잠깐 어리둥절해하는 사이 루나는 이미 그의 뒤를 쫓아가고 있었다.

퉁—

쉬이익—

순식간에 십여 미터씩 도약한 루슬릭이 나무 위쪽을 향해 검을 휘둘렀다.

그러자 우거진 나뭇가지들 사이로 숨어 있던 흑마법사 몇몇이 아래로 떨어졌다.

서걱—

미처 루슬릭의 검을 피하지 못한 흑마법사 둘이 바닥에 피를 뿌리며 떨어졌다.

흑마법사의 위치를 발견하지 못했던 카온과 루나는 그들을 발견하고는 깜짝 놀라 반사적으로 무기를 휘둘렀다.

휘리리릭—

쐐애액—!

두 사람의 무기가 흑마법사들을 노리고 날아갔다.

하지만 흑마법사들 역시 바보는 아니었다.

이미 루슬릭을 발견했을 때부터 그들은 자신의 몸을 지킬 수단을 마련해 놓고 있었다.

까아앙—!

카온과 루나의 검과 채찍이 흑마법사들이 만들어낸 검은색 막을 두드렸다.

여럿의 흑마법사가 함께 만들어낸 막은 두 사람의 공격을 막아냈다.

쩍—

작은 균열이 생긴 막을 유지하며 흑마법사들이 뒤로 주춤 물러났다.

흑마법사들은 본능적으로 루슬릭과 카온, 루나의 실력이 보통이 아님을 눈치챈 것이다.

"어디 가냐?"

쉬익—

루슬릭의 검이 위에서 아래로 떨어졌다.

그의 검은 정확하게 루나와 카온이 만들어낸 막의 균열을 두드렸다.

쩌저저저정—!

흑마법사들이 만들어낸 막이 산산이 깨어졌다.

열 명의 흑마법사가 힘을 모아 만들어낸 막이었다.

투석기가 두드리더라도 깨어지지 않을 강도를 가지고 있었다.

그런데 아무리 작은 균열이 생겼다고 해도 단 한 번에 그 막이 깨어지다니?

혼란에 빠진 흑마법사들의 틈으로 루슬릭이 파고들었다.

핑—

루슬릭이 검을 횡으로 눕힌 채 빠르게 움직였다.

힘을 모으느라 뭉쳐 있던 흑마법사들의 몸이 그대로 양단되었다.

촤아아아악—

흑마법사 십여 명의 몸이 반으로 잘리며 피분수가 튀었다.

하지만 그게 다가 아니었다.

산 곳곳에 퍼져 있는 흑마법사들은 어림잡아도 수백은 되는 듯했다.

"벌레같이 많이도 모였네."

"흑마법사들?"

"반응 한번 빠르네."

흑마법사들의 존재에 놀란 카온을 루슬릭이 짧게 타박했다.

"니들 둘은 좀비나 상대하지 말고 퍼져서 흑마법사들을 잡아. 좀비들이야 병사들이 충분히 상대할 만하지만, 좀비와 흑마법사가 뭉치면 골치 아파져."

"으음… 좀비가 나타났을 때만 해도 설마 했는데, 흑마법사라니……."

"아가리 놀리지 말고 다리나 움직여, 새꺄!"

루슬릭이 카온의 등짝을 한 대 후려치고는 다시 달리기 시작했다.

산 곳곳에 퍼져 있는 흑마법사들을 다 처리하려면 꽤 시간이 걸렸다.

연합군의 피해가 클지 작을지는 그들이 흑마법사들을 얼마나 빠르게 처리하냐에 달려 있었다.

흑마법사들은 복잡한 산속에서, 그리고 좀비들 틈에 숨어서 병사들이 뭉쳐 있는 곳을 공격하고 있었다.

병사들은 물론이고, 기사들 중에서도 좀비들 틈에 숨어 있는 흑마법사들을 상대할 만한 실력자는 몇 되지 않았다.

루슬릭과 루나, 그리고 카온과 함께 온 근위기사 몇몇과 귀족의 호위기사들 정도.

그들이 흑마법사들을 상대할 만한 전력의 전부라고 할 수 있었다.

"하, 진짜 발바닥에 땀나겠네."

흑마법사들을 찾아내 베어내며 루슬릭이 신세를 한탄했다.

단원들 찾으러 여기까지 왔다.

그런데 보이는 거라곤 시커먼 흑마법사들과 징그러운 좀비들뿐이라니.

게다가 흑마법사들을 찾아내 죽이는 일도 여간 번거로운 게 아니었다.

"차라리 한꺼번에 모아놓고 상대하면 편하겠건만."

그때, 루슬릭을 향해 검은색 불의 구 수십 개가 날아왔다.

퍼퍼퍼퍼펑—!

펑, 콰콰콰쾅—!

빠르게 몸을 날린 덕에 무사했지만 방금 전까지 서 있던 자리는 온통 검게 타버렸다.

루슬릭은 마법이 날아온 곳을 보며 씩 웃었다.

"이거, 엎드려 절이라도 해야 하나? 고마워 죽겠네."

나무 위쪽으로 어마어마한 수의 흑마법사가 루슬릭을 내려다보고 있었다.

족히 백은 훌쩍 넘어 보였는데, 아무래도 루슬릭을 처리하고자 뭉친 듯했다.

그들 입장에서도 당연한 일이었다.

뿔뿔이 흩어져 있어 봤자 언제고 루슬릭에게 당할 게 분명했기 때문이다.

차라리 지금처럼 한데 뭉쳐 루슬릭을 상대하는 게 낫다고 생각했으리라.

"뭉치면 뭐 달라질 줄 알았냐? 좆밥들이."

*　　　　*　　　　*

"하아, 죽겠네."

자신만만하게 달려들었던 루슬릭이 풀썩 자리에 주저앉아 나무 뒤에 숨었다.

몸에는 무수히 많은 그을림과 긁히고 베인 상처가 나 있었다.

루슬릭은 꽤나 지쳐 보였다.

"끙. 다 나은 게 아니었나?"

루슬릭은 검을 휘두르던 오른쪽 어깨를 매만지며 눈살을

찌푸렸다.

아무래도 다 나았다는 생각은 착각이었던 것 같았다.

움직이다 보니 어깨에 통증이 느껴졌다.

그렇다고 심각한 정도는 아니었지만 그 때문에 반응이 무 디지고 검을 휘두르는 속도가 느려졌다.

게다가 흑마법사들의 수준 역시 꽤나 높았다.

일전에 동굴에서 만났던 흑마법사들이 하급 수준의 흑마 법사였다면, 이번에 만난 흑마법사들은 흑마법사 중에서도 정예였다.

지부장 수준의 고위 흑마법사까지 몇 명 섞여 있는 것을 보 면, 아무래도 연합군을 싹 쓸어버리려고 작정을 한 모양이었 다.

"후, 좀 빡세네."

무릎을 탁 짚으며 루슬릭이 자리에서 일어났다.

갑작스레 어깨에 통증이 느껴져 잠시 쉬었을 뿐, 아직 지친 건 아니었다.

지쳐 있는 쪽은 오히려 흑마법사들이었다.

아무리 흑마법사들의 수준이 높다고 한들 지금과 같이 산 속의 탁 트인 장소에서는 루슬릭의 움직임을 쫓기란 힘들었 다.

쉬이익—

몸을 드러낸 루슬릭은 속전속결로 흑마법사들이 있는 곳으로 뛰어들었다.

잠시 루슬릭을 놓쳤던 흑마법사들은 루슬릭을 발견함과 동시에 일제히 마법을 날렸다.

화륵—

촤르르르륵—

파즈즈즈즈즈—!

검은 사슬과 검은 불꽃, 벼락까지.

백 명이 훌쩍 넘는 흑마법사가 일제히 루슬릭을 향해 마법을 쏟아부었다.

하늘에서 떨어지는 수백 가지의 흑마법은 재앙이 아닐까 싶을 정도로 어마어마했다.

콰콰콰콰콰쾅—!

산사태가 일어날 정도로 거대한 폭발이 루슬릭을 집어 삼켰다.

제아무리 튼튼한 몸을 가진 루슬릭이라도 버틸 수 없는 공격이었다.

흑마법사 수백의 마법은 성문이라도 통째로 날려 버릴 만큼의 힘을 가지고 있었다.

물론, 그것을 멀쩡히 맞고 있어 줄 루슬릭이 아니었다.

"휘유, 위험했네."

"언제!"

서걱—

뚜두둑—

까맣게 그을린 루슬릭이 흑마법사들 틈으로 파고들어 활개 치기 시작했다.

어느새 그는 잡고 있던 검을 오른손에서 왼손으로 바꿔 든 상태였다.

쌍검술을 사용할 정도로 왼손 검술이 능숙하긴 하지만, 그렇다고 오른손처럼 능숙한 것도 아니었다.

루슬릭이 검을 잡은 손을 바꾼 이유는 최대한 오른쪽 어깨에 무리를 주지 않기 위함이었다.

루슬릭은 최대한 오른팔을 아낀 채, 왼손으로 검을 휘두르며 오른손으론 흑마법사들의 목을 잡아 부러뜨렸다.

순식간에 다섯 명의 흑마법사가 루슬릭의 손에 목숨을 잃었다.

하지만 아무리 빠르게 흑마법사들을 제거한다 해도 남은 흑마법사들은 있게 마련이었다.

쉬이이익—

퍼버벙—!

"아, 진짜 지겨워 죽겠네."

벌써 몇 번째 반복되는 과정이었다.

루슬릭이 아무리 빨라도 한 번에 죽일 수 있는 흑마법사의 수에는 한계가 있었다.

많아야 여섯일곱.

그 이상을 단숨에 죽이기는 불가능했다.

결국 남은 흑마법사들은 진영을 가다듬고 다시 루슬릭을 공격했고, 루슬릭은 그 공격으로부터 몸을 피할 수밖에 없었다.

물론 그렇다고 큰 문제가 되지는 않았다.

'뭐, 그래도 결국은 내가 이기겠지만.'

마법사란 존재는 장점과 단점이 극명하게 나뉘었다.

그들의 마법은 장점은 다수의 적을 상대할 때에는 효과적이지만, 강한 한 명을 상대하기엔 비효율적이었다.

조금만 움직임이 빠른 검사라면 마법사들의 느린 마법에 맞아주지 않는다.

더군다나 루슬릭은 보통 빠른 게 아니었다.

마법 한둘이 아니라, 수십 개가 날아와도 피할 수 있었다.

체력과 집중력이 떨어지기 전까진 이 과정을 수십 번도 넘게 반복할 수 있었다.

그러다 보면 결국엔 흑마법사들의 수가 줄어들 것이고, 루슬릭의 승리로 끝날 것이다.

'좀비들도 대강 정리가 되는 것 같고.'

좀비들의 수는 연맹군과 비슷한 정도였다.

수만 비슷하다면, 연맹군이 밀릴 일은 절대 없었다.

"자, 그럼 슬슬 마무리해 볼까? 후웁."

루슬릭은 숨을 깊게 들이쉬며 바로 옆에 있는 나무를 양손으로 감싸 안았다.

투두두둑—

땅 속 깊이 뿌리를 내렸던 거목이 루슬릭의 괴력에 뽑혀져 나왔다.

멀쩡하던 거목이 뽑혀져 나오는 광경으로 잠시 루슬릭의 행적을 놓쳤던 흑마법사들의 시선이 다시 그에게로 집중되었다.

"늦었어, 새끼들아!"

루슬릭이 뽑아낸 거목을 재빨리 흑마법사들을 향해 집어 던졌다.

거목은 우거져 있던 나뭇가지를 꺾으며 흑마법사들을 향해 무섭게 날아갔다.

콰콰콰쾅—!

흑마법사들이 재빨리 마법을 날려 몸을 보호했다.

날아오던 거목은 흑마법사들의 마법과 부딪히며 새까맣게 그을려 땅으로 곤두박질쳤다.

그때, 거목의 뒤쪽으로 루슬릭의 신형이 흑마법사들을 향해 곧장 날아왔다.

쉬이익―

피잇―

뭉쳐 있던 흑마법사들의 몸이 루슬릭의 검에 의해 순식간에 양단되었다.

고작 다섯, 여섯을 베었다고 해서 루슬릭은 멈추지 않았다.

흑마법사들이 한데 뭉쳐 검은 막을 형성했다.

방금 전 루슬릭이 깨어뜨린 막보다 훨씬 견고한 막이었다.

게다가 이번엔 루나와 카온이 만들어낸 금도 없었다.

하지만 루슬릭은 멈출 생각이 없었다.

"거기 그대로 있어."

쉬이이익―

루슬릭이 뒤쪽의 거목을 걷어차며 흑마법사들을 향해 날아갔다.

순식간에 날아온 루슬릭이 잠시 내려두었던 오른손을 들었다.

꽈앙―!

쩌저저적―

검은 막이 깨어지고, 그 속에 숨어 있던 흑마법사들이 드러났다.

"까꿍."

"미, 미친!"

루슬릭은 멈추지 않고 흑마법사들 틈으로 파고들었다.

퍼버버버벅―

날아오던 그대로 루슬릭이 흑마법사들과 충돌했다.

강철보다 단단한 루슬릭의 몸이었다.

바위와 부딪히더라도 바위가 부수어졌지, 루슬릭은 멀쩡할 것이다.

빠르게 날아온 루슬릭과 흑마법사들이 부딪히자 흑마법사들의 몸이 그대로 으깨어졌다.

"끄아아아아악!"

몸과 머리가 터져 나가며 흑마법사들이 비명을 질렀다.

온몸에 피를 뒤집어쓴 루슬릭은 눈앞을 가리는 피를 손등으로 닦으며 눈살을 찌푸렸다.

"아, 괜히 오버했나."

아무리 겁이 없는 흑마법사들이라 해도 사람이 으깨지고 터져 나가는 장면을 보고도 아무렇지 않을 수 없었다.

간혹 루슬릭이 흑마법사들과 싸우는 장면을 목격한 병사들조차 아군인 루슬릭을 무서워할 정도였으니, 직접 싸우고 있는 흑마법사들이야 오죽할까.

바로 공격하지 않고 주춤거리는 남은 흑마법사들을 보며 루슬릭이 씩 웃었다.

"그래도 효과는 죽이네."

피를 뒤집어쓴 루슬릭이 다시 날아들었다.

파팟—

흑마법사들이 일제히 흩어졌다.

하지만 그런다고 우왕좌왕할 만큼 루슬릭은 녹록하지 않았다.

빠르게 판단한 루슬릭은 최대한 흑마법사들이 많이 뭉쳐 있는 쪽으로 방향을 돌렸다.

"응?"

루슬릭은 이상한 낌새에 잠시 움직임을 멈췄다.

어디서도 마법이 날아오지 않았다.

아까와 같은 패턴이라면 지금쯤 사방에서 마법이 날아왔어야 하는데 말이다.

"……설마?"

루슬릭이 주위를 둘러봤다.

설마가 역시였다.

도망친 흑마법사들이 향한 곳을 좀비들과 싸우고 있는 병사들에게였다.

"저 개새끼들이!"

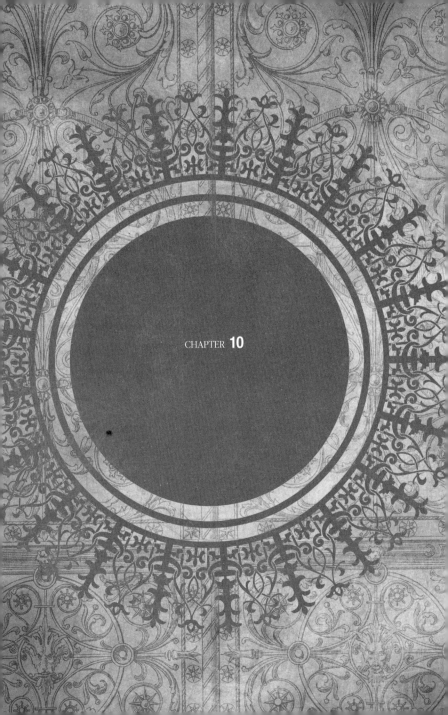

CHAPTER **10**

흑마법사들로 인한 피해는 생각보다 컸다.

사방으로 흩어진 흑마법사들은 이곳저곳에서 좀비들을 상대하느라 분주한 병사들과 기사들을 공격한 것이다.

기사들이라면 충분히 흑마법사들의 상대가 가능했지만, 그들은 좀비들을 상대하고 있는 도중에 기습적으로 공격을 받은 탓해 대처를 하지 못했다.

게다가 좀비들로 인한 피해까지.

연합군은 출발부터 절반 이상의 피해를 입은 채 슈타인 요새로 들어섰다.

"피해가 크군."

"설마 그런 함정이 있었을 줄이야……."

좀비들의 등장에 연합군의 간부를 맡은 귀족들은 혼란에 빠졌다.

전군이 무사했다고 하더라도 안톤 제국을 상대로 버틸까 의문인 상태였다.

그 정도로 안톤 제국군은 무서운 상대였다.

그런데 싸우기도 전부터 이만한 피해를 입어버리다니.

"이들로 막아낼 수 있을 것 같소?"

르만 왕국에서 온 귀족, 타리스만 백작이 물었다.

그는 팔스크 왕국과의 전쟁 당시에도 혁혁한 공을 세운 노련한 장수였다.

타리스만 백작은 이번 피해로 안톤 제국과의 전면전의 결과에 큰 회의감을 가지고 있었다.

그리고 그만큼은 아니더라도 카온 역시 어느 정도 병법을 익히고 있었다.

아무리 수성이 공성보다 유리하다고 해도, 상대는 안톤 제국에다가 유리한 패를 하나 더 가지고 있었다.

"벌써 안톤 제국군이 코앞까지 와 있소."

슈타인 요새의 주인인 코멜 백작의 얼굴에는 근심이 가득했다.

그 무섭다는 안톤 제국, 그것도 용병들까지 가세한 적들이었다.

만반의 준비를 갖춘 상황에서 적들을 맞이해도 모자랄 판에 이만한 피해를 입은 상태에서 싸운다는 것은 자살행위나 다름없었다.

"문제는 용병들이지."

"오딘은 없는 것이오?"

"아직까지 확인되지 않았소."

"으음, 그렇군. 그나마 다행인가? 이 와중에 오딘까지 합류한다면……."

오딘은 안톤 제국 제일 기사이며, 공공연하게 대륙 제일 검일지도 모른다고 알려진 기사였다.

그는 과거 전신 네리어드, 검왕 레오딕, 용병왕과 함께 대륙 제일 검의 후보로 꼽혔다.

하지만 용병왕을 제치고서라도 오딘은 대륙 제일 검의 후보에 가장 가까운 인물이었다.

대륙의 반을 집어삼킨 거대 제국인 안톤 제국의 제일 기사라는 점에서부터 그의 강함은 증명이 된 것이다.

"쫑알쫑알, 뭔 겁들이 이리 많아?"

인상을 팍 구기며 루슬릭이 귀를 후볐다.

"회의랍시고 불평불만에 걱정. 뭣들 하나?"

"⋯⋯용병이라더니 역시 무례하군."

루슬릭의 태도에 타리스만 백작이 중얼거렸다.

그는 이런 일을 직접 따지고 들 만큼 간이 큰 인물은 아니었지만, 작은 중얼거림도 루슬릭의 귀에는 똑똑히 들렸다.

"내가 무례한 건 인정하는데, 앞에 용병이 어쩌고 하는 건 좀 거슬리는데. 어떡하냐?"

자리에서 일어나려는 루슬릭이 카온이 만류했다.

"진정하게."

"아니, 저 새끼가!"

"진정하게. 제발."

애처로운 표정까지 짓는 카온을 보며 루슬릭이 앓는 소리와 함께 다시 자리에 앉았다.

그렇게 큰 욕을 들은 것도 아니고, 아직은 참을 만했다.

"거, 이름이 뭐였지?"

"나 말인가?"

"그럼 아까 중얼거린 아저씨가 당신 말고 또 있어?"

루슬릭의 하대는 이미 이 자리에 모인 귀족들 모두가 익숙한 상태였다.

특히 방금 전 좀비 무리와 흑마법사들과의 싸움에서 루슬릭의 실력을 두 눈으로 확인한 귀족들은 루슬릭의 무례를 감히 따지고 들지 못했다.

"타리스만 백작이라 하오."

"하오는 시발. 한 번만 더 용병이 어쩌니 그딴 차별 발언 해봐라. 내가 아주 안녕하게 만들어줄 테니까."

"아, 알겠소."

말이 안녕하게 만들어준다지, 개처럼 패버리겠다는 속뜻을 모를 만큼 타리스만 백작은 멍청하지 않았다.

짧은 대화로 인해 순식간에 회의의 분위기는 루슬릭에게로 넘어갔다.

잔뜩 안톤 제국군에게 겁먹고 있던 그들은 루슬릭이라는 존재에서 작은 희망을 품었다.

"듣자하니, 루슬릭 경은 안톤 제국의 용병들 때문에 왔다지?"

"그놈들 똥 싸지르는 거야 내 담당이었지."

"그들을 상대해 줄 수 있겠나?"

코멜 백작은 한줄기 기대를 가지고 있었다.

만약 안톤 제국의 용병단만이라도 루슬릭이 설득하거나 막아준다면, 요새를 방패 삼아 어떻게든 지원군이 올 때까지 버틸 수 있을 것이었다.

"뭘 해 달라는 건지 확실히 말해."

"용병들을 막아줬으면 하오."

직설적인 요구였다.

용병단 하나를 통째로 맡아달라는, 터무니없는 부탁.

하지만 루슬릭이기에 부탁할 수 있는 일이었다.

"그러려고 왔어."

"고맙소."

코멜 백작은 한시름 놓았다는 표정으로 긴 안도의 한숨을 내쉬었다.

루슬릭이 어디까지 해낼지는 모르나, 그가 용병단의 옛 단장이었던 만큼 잘 풀릴 가능성도 있었다.

대화가 잘 풀리지 않더라도 루슬릭의 실력이라면 큰 힘이 될 게 분명했다.

"그리고 오딘은 여기 안 왔다고? 확실해?"

"지금까지 알려진 바에 의하면⋯⋯."

"그거부터 확실히 해."

유난히 오딘을 신경 쓰는 루슬릭의 모습에 카온이 물었다.

"갑자기 왜 그러지?"

"그 새끼 오면, 요새고 뭐고 싹 다 버리고 튀어야지."

그 말을 끝으로 루슬릭이 상의를 탈의했다.

갑작스러운 행동에 귀족들의 시선이 일제히 그에게로 모아졌다.

옷고름을 풀고 상의를 탈의하자 루슬릭의 몸 위로 단단한 근육이 드러났다.

"저건…….'

루슬릭의 몸을 본 카온이 깜짝 놀란 표정을 지었다.

그의 몸 위에는 수많은 자잘한 상처가 새겨져 있었다.

도대체 얼마나 많은 싸움을 해온 것인지 짐작조차 가지 않을 정도였다.

그리고 그 자잘한 상처들 사이에서 유난히 눈에 띄는 큰 상처가 있었다.

오른쪽 가슴부터 배까지 크게 나 있는 흉터.

저런 상처를 입고도 어떻게 살아 있나 싶을 정도였다.

루슬릭이 그 흉터를 손가락으로 가리키며 말했다.

"이 상처, 그 새끼가 준 거다."

* * *

안톤 황제는 전쟁 중이라는 상황과는 어울리지 않게 평온한 나날을 보내고 있었다.

낮부터 황성에 있는 휴식터에 앉아, 상다리가 휘어질 정도의 음식과 반주를 걸치며 여흥을 즐겼다.

"너도 한 잔 받아라."

혼자 마시기가 적적했는지 안톤 황제는 언제나처럼 자신의 옆을 지키고 서 있는 오딘에게 술잔을 건넸다.

"전 됐습니다."

"왜? 이 맛있는 걸."

"술은 몸에 좋지 않습니다. 과한 술은 몸과 정신을 둔화시킵니다. 전 그 무엇보다 이 몸뚱이 하나가 중요한 사람입니다."

세상 그 누가 안톤 황제의 앞에서 자신의 주장을 꿋꿋이 펼칠 수 있겠는가?

다른 사람이 아닌 오딘이기에 가능한 일이었다.

그는 안톤 제국 사람 중 안톤 황제의 앞에서 당당할 수 있는 유일한 사람이었다.

오딘은 천생 검사였다.

아주 어릴 적부터 천부적인 재능과 철저한 자기 관리, 피가 나는 노력이 있기에 그와 같은 완벽한 검사가 탄생할 수 있었던 것이다.

"한 잔만 받아라. 술 한 잔은 독이 아닌 약이라고, 처음 듣는다고는 않겠지?"

"헛소리라고 생각합니다만… 알겠습니다. 주십시오."

오딘이 허리를 숙여 술잔을 받았다.

잠시나마 술친구가 생긴 안톤 황제는 흐뭇한 표정으로 병을 기울였다.

"응? 그건 뭔가?"

그때 오딘의 목 부근으로 흉터 하나가 눈에 들어왔다.

이렇게 가까이서 오딘의 목을 관찰할 기회가 없었기에 처음 볼 수 있었던 것이다.

자세히 보지 않으면 눈치채지 못할 정도의 상처였지만, 그것은 분명 검에 베였던 흔적이었다.

"처음 보는 상처로군."

"아, 이거 말입니까?"

오딘은 마치 목이 다 낫지 않은 것처럼 흉터 부위를 매만졌다.

"오 년 전쯤에 생긴 상첩니다."

"누구에게 당했나?"

안톤 황제의 눈에 불이 들어왔다.

그 누구도 아닌, 오딘이 당했다는 사실이 그는 인정하기 힘들었다.

그야말로 세상에서 가장 완벽한 검사라고 생각했는데.

"용병왕에 대해 어떻게 생각하십니까?"

오딘은 안톤 황제의 물음에 뜬구름 잡는 질문으로 되돌렸다.

하지만 상대가 오딘이기 때문인지 안톤 황제는 그런 질문도 썩 싫지 않았다.

아니, 오히려 흥미로운 질문이었다.

"자네와 비슷한 느낌이 들더군."

"그렇습니까? 그럼 렝이라는 용병은 어떻습니까?"

"그는 늙은 여우같더군. 용병이라고 믿기 힘들 정도로 말이야."

용병왕이라면 모를까, 렝에 대한 안톤 황제의 이미지는 썩 좋지 않았다.

안톤 황제는 호탕하고 기사다운 사람을 좋아했다

아니, 그보다는 강한 사람을 좋아한다는 표현이 맞았다.

그렇기 때문에 모든 신하들 중에서 유독 오딘을 좋아하는 것이고, 그와 비슷한 느낌이 드는 오딘을 좋아하는 것이었다.

하지만 렝은 조금 달랐다.

근본적인 실력이야 그렇다 쳐도 그는 정치가이지, 검사라는 느낌이 전혀 없었다.

그때 안톤 황제의 머릿속에 설마 하는 생각이 스쳤다.

"그 상처, 혹시 용병인가?"

"네."

"대체 어떤?"

깜짝 놀랄 일이었다.

용병왕과 싸웠던 것도 아니고, 고작 용병 따위에게 오딘이 당하고 돌아오다니.

하지만 오딘은 전혀 치욕스러운 표정이 아니었다.

오히려 당연하다는 듯 고개를 끄덕였다.

"그 역시 용병 왕국의 용병입니다."

"용병왕은 아니었고?"

"그렇습니다."

오딘은 상처 부위를 매만지며 쓰게 말했다.

"조금만 더 깊었으면, 저는 이 자리에 없었을 겁니다."

＊　　　＊　　　＊

"무슨 바람이래?"

목욕을 마친 루슬릭에게 루나가 휘둥그런 눈으로 물었다.

그녀의 눈은 루슬릭의 가슴에 나 있는 큰 흉터에 고정되어 있었다.

다른 자잘한 흉터야 어디서 났는지 기억도 안 나겠지만, 저 커다란 흉터는 언제, 누구에게 당해서 생겼는지 그녀는 물론 다른 단원들 모두가 알고 있었다.

"그 흉터, 보여주는 거 엄청 싫어했잖아."

"뭐 어때. 닳는 것도 아니고."

"어감이 좀 이상하다?"

불안한 마음에 루나가 머뭇거렸다.

"혹시 오딘, 그 자식과 다시 싸울 생각이야?"

"어쩌면. 만나면 싸우는 거고, 아니면 마는 거고."

"도망 안 가? 의뢰도 아니고, 굳이 싸울 필요가 있는 거야?"

루나는 무서웠다.

오 년 전, 안톤 제국과 관련된 의뢰에서 루슬릭은 오딘을 만났다.

적으로서 만난 상황.

게다가 의뢰인지라 포기할 수도 없었던 상황이었다.

그 자리에서 오딘을 상대할 만한 사람이라고는 루슬릭밖에 없었다.

루슬릭과 오딘의 싸움은 꽤나 짧게 이루어졌다.

두 사람은 싸움 끝에 하나씩 커다란 상처를 입었는데, 그게 바로 루슬릭의 가슴에 난 흉터였다.

"그때… 진짜 죽는 줄 알았어."

"칼에 찔리고 베이면 죽을 수도 있는 거지."

"서방도 찌르면 피가 나는구나, 싶었지."

"내가 좀비냐? 아니, 좀비도 피는 나는데."

피식 웃으며 루슬릭이 가죽 옷을 몸 위에 덧대었다.

좋은 시설에서 잘 자고 잘 먹고 잘 쉬었지만 이곳은 엄연히 전쟁터였다.

지금껏 전쟁터에서 이런 대접을 받아본 적 없었던 루슬릭으로서는 낯설기만 했다.

"이제 금방 만나겠네."

"어, 그러게."

실감이 잘 나지 않았다.

단원들과 헤어지고 다신 만날 일 없겠지 생각했던 게 불과 얼마 전 같은데, 아이러니하게도 이젠 적으로 만나야 할 상황이었다.

하지만 그렇다고 착잡하다거나 하지는 않았다.

오히려 반가웠다.

어떤 식으로든 얼굴을 볼 것이고, 싸우더라도 후회는 없을 것 같았다.

"가자."

＊　　　＊　　　＊

슈타인 요새는 산으로 둘러싸여 있지만 그렇다고 공성이 아주 어려운 지형은 아니었다.

성벽이 아주 높은 것도 아니었고, 성문이 나무에 강철을 덧댄 것이라 많이 단단하지도 않았다.

지금껏 보여준 토르와 베어그의 힘이라면 성문을 부수는 것도 그리 어렵지는 않을 것이다.

안톤 제국군은 좀비가 다 사라지자 다시금 슈타인 요새를 향해 진군을 시작했다.

"저기 보이는군."

코멜 백작은 새까맣게 몰려오는 안톤 제국군을 보며 한숨을 쉬었다.

과연 지원군이 올 보름 뒤까지 이 슈타인 요새를 지켜낼 수 있을까?

아무래도 막상 안톤 제국군을 눈앞에서 보자 회의감이 먼저 밀려들었다.

저들로부터 슈타인 요새를 지켜내기란 불가능할 것처럼 보였다.

"대체 수가 얼마나 되는 건지……."

어림잡아 보려고 해도 도저히 감이 잡히지 않을 정도였다.

아직까지도 언덕을 오르는 안톤 제국군의 끝은 보이지 않았다.

끝이 보이지 않는 제국군에게서 코멜 백작은 가장 앞장서 오는 한 무리의 용병들을 바라봤다.

"저들인가?"

그는 바로 옆에 있는 루슬릭에게 질문을 던졌다.

얇은 붉은색 철제 갑옷을 걸친 병사들과는 달리, 진갈색 가죽 갑옷을 걸친 용병들.

아직까지 보이는 것이라곤 옷밖에 없었지만, 멀리서 본 그들은 대표적인 용병들의 복장을 하고 있었다.

"반갑네, 짜식들."

루슬릭의 입가에 미소가 번졌다.

그의 눈은 남들과는 비교가 되지 않을 정도로 좋았다.

아직까지는 멀어서 형체만 겨우 구분할 뿐인 그들도 루슬릭의 눈에는 얼굴까지 훤히 보였다.

그들 중에 루슬릭의 눈에 익숙한 얼굴들이 몇몇 보였다.

특히 최전방에 서 있는 거대한 덩치 두 명.

바로 성문 깨기의 주인공 토르와 베어그였다.

"저 새끼들이 문제라 이거지?"

뚜두둑—

루슬릭은 싸우기도 전 미리 몸을 풀었다.

보통 싸우면서 천천히 몸을 풀었던 루슬릭이었다.

하지만 이번엔 경우가 조금 달랐다.

그의 단원들은 하나하나가 일당백의 싸움꾼들이었다.

단순히 일당백의 문제가 아니라 하나같이 루슬릭을 잘 알고, 그에 대해서 누구보다 잘 알고 있는 사람들뿐이었다.

그런 단원들을 상대하려면 루슬릭도 긴장할 수밖에 없었다.

어쩌면 얼마 전 칼프와 렝, 길리안과 마틴을 상대할 때보다 더 어려운 싸움이 될지도 모른다.

"되도록 말귀를 알아먹는 새끼들이 많아야 할 텐데……."

루슬릭이 몸을 돌려 성 아래로 걸음을 옮겼다.

그런 그를 자연스럽게 루나가 따라왔다.

"오지 마."

"왜?"

"저것들 한 놈이나 상대하겠냐? 너 요새 감 많이 죽었잖아?"

찔리는 말이었다.

루슬릭과 함께 용병을 그만둔 루나와는 달리, 다른 단원들은 지금껏 꾸준히 의뢰를 해오며 생사를 넘나들었다.

특히 근래에는 안데르센 왕국과의 전쟁으로 피를 봐온 단원들이었다.

비록 루나가 루슬릭과의 대련을 해왔다지만 계속된 실전을 해온 다른 단원들과는 비교가 될 수밖에 없었다.

"한 놈 정도는……."

"한 놈 상대할 거면 없는 게 나아. 차라리 여기 있어."

"하지만!"

"하지만이고 뭐고 안 데리고 갈 테니, 그리 알아."

단호하게 자르는 루슬릭의 말에 루나는 더 이상 고집을 피울 수 없었다.

그의 말대로 따라가 봤자 짐일 뿐이었다.

이럴 때 파이온과 카사크라도 있었다면.

두나 혼자면 모를까, 셋이면 그래도 꽤 도움이 되었으리라.

텅―

루슬릭이 요새 위에서 가볍게 몸을 날렸다.

아무리 다른 요새에 비해 높이가 낮다고 해도 십여 미터에 이르는 요새였다.

어지간한 사람은 죽거나 크게 다칠 수준이었다.

하지만 루슬릭은 가볍게 착지하더니 천천히 안톤 제국군이 있는 곳으로 걸어갔다.

홀로 제국군을 향해 걸어가는 루슬릭의 뒷모습을 보며 코멜 백작이 중얼거렸다.

"……진짜 영웅 같긴 하군."

*　　　*　　　*

안톤 제국군의 선봉은 여전히 용병들이었다.

그들 중, 정예 중의 정예라고 할 수 있는 옛 로열 나이트 용병단의 단장 직속 단원인 부단장들.

그들은 안톤 제국에서 준비한 최고의 패라고 할 수 있었다.

그들의 실력은 어지간한 기사들은 우습게 볼 정도로 뛰어났다.

그들을 앞세운 전쟁은 항상 일방적이었고, 그들로 인해 안톤 제국은 큰 피해 없이 안데르센 왕국을 정복해 나갈 수 있었다.

슈타인 요새는 안데르센 왕국의 요새들 중에서 그리 공략이 어려운 요새가 아니었다.

그들은 이번에도 역시 어렵지 않게 요새를 공략하고, 수도로 향할 수 있으리라 생각하고 있었다.

그런 자신감은 당연했다.

그들이야말로 용병 왕국 최고의 용병단이라고 할 수 있었다.

제1로열 나이트 용병단은 다른 용병단과는 질적으로 차원이 달랐다.

하지만 그런 그들의 자신감은 그리 오래 가지 않았다.

토르가 멀리 보이는 사람을 보며 중얼거렸다.

"……큰 관문 하나가 남았군."

토르의 중얼거림에 웬일로 먹을 것을 옆구리에서 빼 놓은 베어그가 물었다.

"무슨 소리야?"

"돼지새끼. 먹을 게 없다고 눈까지 삐었나?'

그는 슈타인 요새 앞, 멀리 보이는 점 하나를 가리켰다.

사람이 맞나 싶을 정도로 작은 점.

자세히 보아야 사람인지 아닌지 정도를 구분할 수 있는 거
리였다.

"저길 봐라."

"뭔데, 응?"

제대로 보이지 않는지 베어그를 눈을 가늘게 뜨고 그것을
바라봤다.

다른 단원들 역시 마찬가지였다.

그들 역시 나름대로 토르가 가리킨 사람이 누구인지 확인
하기 위해 눈을 좁혔다.

그때, 가장 앞에 있던 베어그가 깜짝 놀라 외쳤다.

"단장!"

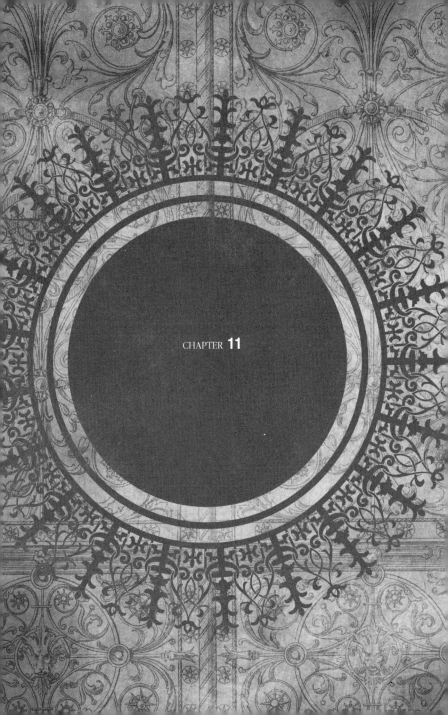

CHAPTER **11**

"뭐?"

베어그의 외침에 단원들이 웅성거리기 시작했다.

그들이 단장이라고 부르는 사람은 한 명밖에 없었다.

그들은 새로 단장이 된 렝을 단장이라고 부르지 않았다.

그저 예전처럼 뒤에서는 렝이라고 부를 뿐이었다.

여전히 그들에게 있어서 단장은 단 한 명, 루슬릭밖에 없었
다.

"단장이 여긴 왜?"

"그러고 보니 그 소식 있잖아. 단장이 렝을 죽였다고……."

"설마, 렝을 죽이고 여기까지 왔다는 거야?"

"우릴… 만나러?"

단원들의 웅성거림에 토르가 손을 들었다.

그러자 거짓말처럼 단원들의 웅성거림이 멈췄다.

오래전부터 루나처럼 막무가내로 통제가 되지 않는 단원을 제외하면 단원들 사이에서는 토르와 카사크가 임시 단장과 같은 역할을 해왔다.

단원들 중에서 가장 강하기 때문도 있었지만, 그 두 사람에게는 어느 정도 리더의 역할을 수행할 능력이 있었다.

루슬릭이 사라진 이후 특히 토르의 역할은 그런 쪽으로 치우쳐져 있었다.

단원들에게 있어 그는 이제 루슬릭을 대신한 단장과도 같았다.

"쓸데없이 떠들지 마라. 지금은 의뢰, 전쟁 중이다."

틀림없는 말이었다.

특히 용병들에게 있어서는 어제의 아군이 오늘의 적일 수 있었다.

서로 다른 곳의 의뢰를 맡는다면 충분히 가능한 일이었다.

토르는 마지막으로 루슬릭과 단원들 사이에 하나의 선을 만들었다.

"괜한 꿈꾸지 마라. 우릴 만나러 온 이유가, 우릴 죽이러

온 것일지도 모른다."

"······."

공기가 무거워졌다.

그 누구도 부정하는 단원은 없었다.

그들이 아는 루슬릭이라면 충분히 그러고도 남을 사람이었다.

루슬릭을 잘 아는 그들이기에 부정할 수 없는 말인 것이다.

"만약 그런 거라면······."

한 단원의 작은 말에 토르가 말을 이었다.

"싸워야지."

꿀꺽―

루슬릭과 싸운다.

그 무서운 사람과?

마른침이 넘어가고 식은땀이 흘렀다.

그를 잘 아는 만큼, 그가 얼마나 무서운 사람인지도 잘 알고 있었으니까.

"겁먹지 마라. 잊었나? 겁먹는 순간 이미 진 거다."

"그걸 알려준 게 바로 단장이었지."

토르의 충고에 베어그가 한숨을 쉬었다.

진군을 하면 할수록 루슬릭의 모습은 점점 선명하게 보였다.

루슬릭은 움직이지 않고 서서 그들이 오기를 기다렸다.

이윽고 안톤 제국군이 슈타인 요새까지 근접했다.

"반갑다, 아가들."

"⋯⋯오래간만이요."

밝게 인사하는 루슬릭의 모습이 낯설었다.

얼마 전, 용병 왕국에서 루슬릭을 만났던 토르는 그의 얼굴을 보는 게 썩 반갑지만은 않았다.

그리 좋아하지 않았던 단장이긴 했지만 이처럼 적으로 만나게 되는 상황만을 결코 바라지 않았던 그였다.

가장 앞장서 가던 토르가 걸음을 멈추고 손을 들었다.

그러자 그의 옆에서 나란히 진군하던 멘토 백작이 손을 들어 뒤쪽으로 오던 병사들의 걸음을 잠시 막았다.

"무슨 일이지?"

"저자, 우리들 옛 단장이다."

"그게 뭐 어쨌다고? 가로막으면 죽이면 그만이다. 설마하니 고작 한 명에게 겁먹은⋯⋯."

"겁먹었다. 그것도 아주 많이."

지금껏 자존심 강한 모습만 보여온 토르가 겁먹었다는 말을 순순히 인정하자 멘토 백작이 깜짝 놀랐다.

그는 눈앞에 있는 젊은 남자를 다르게 보았다.

이 거대한 덩치의, 어마어마한 괴력의 소유자인 토르가 겁먹을 정도라면 필시 보통은 아닐 것이다.

"그렇다 해도 고작 한 명에게……."

"이 일은 우리 용병단이 풀어야 할 일이다."

그 말을 끝으로 토르가 앞으로 나섰다.

그를 대표로 용병단 내에서 몇몇 주요 단원이 루슬릭을 향해 걸어갔다.

곧 루슬릭과 단원들 사이의 거리가 스무 걸음 정도로 좁혀졌다.

전혀 반갑다는 티도 없이 토르는 다짜고짜 물었다.

"여기까진 무슨 일이오?"

"넌 그래도 애들 중에서 좀 똑똑한 편 아니었나? 짱구 좀 굴려봐. 내가 왜 여기 왔을까?"

루슬릭도 빙빙 돌려서 말하는 성격은 아니었다.

그가 반대로 물어본다는 것은 그리 어렵지 않은 대답이라는 뜻이었다.

"역시, 우릴 만나러 왔군."

"맞아."

"우릴 설득하려는 것이오? 아니면, 죽이러 온 것이오?"

토르의 질문에 단원들이 바짝 긴장했다.

대답 여하에 따라 그들의 죽고 살고가 결정된다고 봐도 과언이 아닐 정도였다.

"글쎄, 그건 너희 대답이 필요한데."

"설득이오?"

"일단은. 안 되면 죽여야지."

말이 설득이지, 사실상 협박이나 다름없었다.

하지만 사나운 대답과는 달리 루슬릭의 표정은 꽤나 애잔했다.

"꼭 이래야만 겠냐?"

"뭘 묻는지 모르겠군. 우린 용병이요."

"그래서, 이 일이 의뢰였어? 돈도 두둑이 챙겨 받고, 휴가도 나오고 그래?"

루슬릭의 질문에 토르는 물론이고 단원들 모두 어떤 대답도 할 수 없었다.

사실 말과는 달리 이번 전쟁은 의뢰라고 볼 수 없었다.

고용주는 없고, 용병왕과 렝의 독단적인 명령으로 인한 일이었기 때문이었다.

안톤 제국에서 용병 왕국에 제대로 돈을 지불하고 고용했다면 모를까, 그런 이유에서라면 용병 왕국은 안톤 제국과 손을 잡아서는 안 되는 일이었다.

그것이 바로 용병들이 제일 중요시 여기는 신분과 국가에 구애받지 않는 공정성의 원칙이었다.

대답이 돌아오지 않자 루슬릭은 한심하다는 표정으로 혀를 찼다.

"잘들 한다."

"……의뢰는 아니지만, 이것 역시 우리 일이오."

"의뢰가 아니면, 뭔데? 니들이 누구 개인 사병이냐?"

"그렇소."

뻔뻔하게 돌아온 대답에 루슬릭의 표정이 와락 구겨졌다.

"계속 해봐. 뭐라고?"

"우린 용병이고, 용병왕은 우리가 모시는 왕이오. 전시 상황에서 우린 그분을 위해 싸워야 할 의무가 있소."

"미친 새끼야, 그건 용병 왕국에서 전쟁이 터졌을 때 이야기고 지금은……."

"이건 우리 전쟁이오."

답답한 가슴을 두드리며 루슬릭이 토르를 제외한 다른 단원들의 눈치를 살폈다.

어느 한 명 고개를 젓는 사람이 없었다.

아무래도 그들을 설득하기 위해선 먼저 토르를 설득해야 할 듯했다.

하필이면 가장 꽉 막힌 녀석이 상대라니.

"니들 이대로 가면 결국엔 다 죽어."

루슬릭이 가장 걱정하던 바였다.

쓸데없는 일에 휘말려 쓸데없이 죽는 것.

똑같이 죽더라도 그들은 그렇게 죽어서는 안 되는 목숨들이었다.

"봐. 지금만 해도 니들, 전쟁터에서 제일 앞에 있어. 니들도 알잖아? 선봉에 세운다는 게 공을 가장 많이 세우라는 뜻이냐? 아님 제일 먼저 싸우다 뒈지라는 뜻이냐?"

당연히 후자였다.

터무니없이 약한 적을 상대할 때라면 몰라도, 서로 엇비슷한 세력과의 싸움에서 선봉은 제일 먼저 싸움을 시작해 제일 먼저 죽는 역할이었다.

그들의 목숨은 한낱 소비용일 뿐이었다.

"그게 바로 니들이야. 이해는 해?"

"우린 죽지 않을 거요."

확실히, 아직까지 죽은 사람은 없어 보였다.

몇몇 보이지 않는 사람들은 함께 있던 루나나 파이온, 카사크, 그리고 이미 죽고 없는 다른 두 사람 정도.

다른 단원들은 전부 무사했다.

하지만 앞으로는 모르는 일이었다.

"시발, 그게 어디 마음대로 되냐? 니들이 뭐 불사신이야? 불구덩이에 한번 던져 볼까? 살아 있나 확인해 봐?"

"우린… 새로 열린 세상에서 살고 싶소."

토르가 뒤쪽에 무리지어 있는 안톤 제국군을 바라봤다.

그들과 자신들의 차이.

"우린 저들과 다르오."

"뭐가 달라?"

"용병은 결국 용병일 뿐이오. 아무리 강하고 능력이 있어도, 그 한계는 극복할 수 없소."

"……니들 대가리에 든 게 고작 귀족 새끼들 보면서 배 아파 하는 그딴 똥 같은 생각이었어?"

"욕해도 좋소. 하지만 적어도, 우리 용병들을 보는 시선을 바꿨으면 좋겠소."

이미 시대는 용병들의 시대라고 해도 과언이 아니다.

대륙에 퍼져 있는 용병들의 수는 이루 헤아릴 수 없을 정도로 많았고, 용병왕이나 루슬릭, 그리고 그 단원들처럼 용병이라기엔 믿기지 않는 실력을 가진 이들도 있었다.

이름만 용병일 뿐, 웬만한 A급 용병이 어지간한 기사들보다 실력이 뛰어날 정도였다.

하지만 아무리 용병들의 위상이 달라졌다고 한들, 그들을 보는 시선까지 완전히 바뀌지는 않았다.

용병은 용병. 아무리 강하고 능력이 있다고 한들, 결국엔 돈을 받고 칼과 몸을 파는 족속들.

용병이란 이들의 능력은 인정하면서도 그들의 존엄성까지 대우받지는 못하고 있는 게 바로 현재의 실정이었다.

"용병왕은 다른 세상을 원하오. 우리 용병들의 손으로 대류을 바꾸면, 분명 용병들을 보는 시선도 바뀔 것이오."

"······시발, 지랄들 한다."

욕은 나오지만 부정할 수는 없는 말이었다.

지금껏 역사 속에는 수많은 사건이 기술되어 왔지만 그중 용병과 관련된 역사는 어디에도 없었다.

그나마 용병이라는 이름으로 한 획을 그은 사람이 바로 용병왕이었다.

수많은 용병을 모아 하나의 왕국을 세운 그의 이름은 역사에 길이 남을 만했다.

하지만 그건 어디까지나 용병이 아닌, 용병왕에게 국한된 일이었다.

결국 역사는 용병왕을 기억하지 용병들이 무엇을 했는가를 기억하지는 않는다.

"결국 니들이 원하는 건 용병 왕국과 안톤 제국 연합, 대륙을 일통하다. 뭐 이런 거냐?"

"······그렇소."

"거 깔끔하니 좋네. 그래서 니들이 얻는 건? 명예냐? 아님 나중에라도 용병이 될 후배님들 가실 길 곱게 닦아놓는 거냐?"

"뭐라 말해도 좋소. 우린 시대를 바꿀 거요."

"내가 이런 병신들을 만들었다니······."

도무지 말이 통하질 않았다.

이야기가 대충 끝나자 루슬릭은 다른 단원들의 눈치를 살폈다.

몇몇은 고개를 푹 숙이거나 딴 곳을 보는 게 모든 단원들의 공통된 생각은 아닌 듯했다.

하지만 그들 역시 하나하나 붙잡고 물어보면 나름대로의 사정이 있을 게 분명했다.

토르와 같이 신념으로 뭉쳐 있는 사람도 있을 것이고, 가족이 있는 사람이나 그저 용병왕을 동경해 명령을 받드는 사람도 있을 것이다.

하지만 그들 하나하나를 붙잡고 물어보기엔 그렇게 시간이 많지 않았다.

"니들 생각도 다 똑같냐?"

루슬릭이 다른 단원들을 겨냥해 물었다.

"만약에라도… 다른 생각을 가지고 있는 녀석 있으면, 이쪽으로 와라. 아직 안 늦었다. 부탁한다."

단원들은 깜짝 놀랐다.

십 년이 넘는 세월 동안 루슬릭의 입에서 '부탁'이라는 단어가 나왔던 적은 한 번도 없었다.

무언가를 부탁하지 않아도 그는 자기가 원하는 것은 무엇이든 얻고, 해낼 수 있었던 사람이었기 때문이다.

그런 루슬릭이 오랜만에 만난 그들 앞에서 처음으로 '부닥' 이라는 단어를 꺼낸 것이다.

"없냐?"

하지만 놀라운 것과는 별개로, 루슬릭에게 돌아서는 단원
은 없었다.

한 명쯤은 돌아설 법도 했는데, 단원들은 요지부동이었다.

오히려 그들은 루슬릭과의 대화가 잘 풀리지 않았다는 데
에서 그를 적대시하고 있었다.

언제 루슬릭이 검을 빼 들고 달려들지 모른다는 생각때문
이었다.

"……한 명쯤은 올 줄 알았는데."

"미안하오. 단장."

"그 단장이라는 말, 생각보다 썩 듣기 좋은 말은 아니네."

설득이 되지 않았다.

생각보다 슬프거나 하지는 않았다.

오히려 그들의 확고한 생각을 확인한 덕분인지 홀가분하
기까지 했다.

큰 짐 하나를 덜어낸 기분이었다.

하지만 역시 그 뒤에 할 행동만큼은 그리 하고 싶지 않았다.

"……미안은 내가 미안하지."

스릉—

조잡한 검 한 자루가 루슬릭의 허리춤에서 뽑혀져 나왔다.

일반 병사들이나 사용할 법한 보급형 싸구려 검.

하지만 루슬릭의 손에 들린 이상, 그것은 세상 어디에서도 찾아보기 힘든 최고의 명검이나 다름없었다.

루슬릭이 검을 꺼내 들자 토르가 몸을 돌려 멘토 백작에게 말했다.

"끼어들지 마라. 부탁이다."

"갑자기 그게 무슨 소리지?"

"우리끼리 해결하고 싶은 일이다."

아무리 토르가 용병단의 대장 노릇을 하고 있다지만 멘토 백작은 안톤 제국의 총사령관이었다.

"누구 마음대로 그런 걸……."

"끼어들면 적으로 간주하겠다."

"……!"

극단적인 발언에 멘토 백작은 눈을 휘둥그레 떴다.

다른 단원들의 분위기를 보아도 허언은 아닌 듯했다.

그들은 정말로 루슬릭과 자신들 사이에 누구도 끼어들지 않기를 원했다.

멘토 백작도 눈치는 있었다.

추후 상벌을 따질 때 따지더라도 지금은 끼어들 분위기가 아니었다.

"나중에 보도록 하지."

그것은 끼어들지 않겠다는 대답이나 마찬가지였다.

멘토 백작의 확답을 받아낸 토르는 한결 가벼워진 마음으로 다시 몸을 돌렸다.

그곳에는 검을 뽑은 채 기다리고 있는 루슬릭이 있었다.

"오래 기다리셨소?"

"나 참을성 많아."

루슬릭은 신기하다는 표정으로 토르를 바라봤다.

"너 원래 그런 놈이었나?"

"뭐가 말이오?"

"내가 아는 넌, 이럴 때 남의 힘을 빌려서라도 이기려고 하거든. 생긴 거랑 다르게 아주 이기적인 놈이란 말이지."

스스로 생각해도 의외였는지 토르가 피식 웃었다.

"단장 한 명을 상대하는데 굳이 도움은 필요 없소."

"그래? 아쉽네."

저벅—

드디어 루슬릭의 발걸음이 한 발짝 떨어졌다.

"생각보다 니들은 날 잘 모르나봐."

쿵—!

루슬릭이 지면을 밟아 흙먼지를 날리며 튀어 올랐다.

수많은 전쟁터를 전전하며 단원들이 보아온 루슬릭의 실력은 그야말로 인간의 한계를 가뿐히 뛰어넘어 있었다.

아무리 단원들 하나하나가 용병 왕국 내에서도 수위에 드는 실력자라지만 루슬릭을 상대로는 긴장할 수밖에 없었다.

몸을 날린 루슬릭은 단원들이 뭉쳐 있는 정중앙으로 달려왔다.

"막아!"

한 단원의 외침에 달려든 사람은 다름 아닌 베어그였다.

그는 자신의 주 무기인 메이스를 꺼내 들며 루슬릭을 막아섰다.

꽈아앙—!

두 사람이 부딪히며 밑에서부터 흙먼지가 일었다.

흐리게 낀 먼지들 속으로 사방에서 단원들이 각자의 무기를 들고 달려들었다.

쩡—!

"크악!"

흙먼지 속으로 들어갔던 단원 몇몇이 튕겨져 나왔다.

그 속에서 무슨 일이 있었던 것인지, 그 직후 루슬릭이 흙먼지 속에서 튀어 나오며 한 손에 들고 있던 돌멩이들을 집어던졌다.

쉬이이익—

퍼버버버벅—

무서운 속도로 날아간 돌멩이가 바닥에 꽂혔다.

몇몇 돌멩이는 단원들이 들어 올린 무기나 방패 따위에 막히기도 했다.

루슬릭이 진정으로 무서운 점은 모든 무기를 자유자재로 다룬다는 점이었다.

그는 검뿐만이 아니라 창이나 활, 그리고 돌멩이와 같은 온갖 투척 무기들까지 자유자재로 다루었다.

그의 손에 들린 것이 곧 무기나 마찬가지인 셈이었다.

"한꺼번에 덮쳐!"

토르가 양 손에 건틀릿을 낀 채 루슬릭을 향해 달려들었다.

일반 성인보다 배 이상 큰 그의 덩치는 루슬릭이 귀엽게 보일 정도였다.

"넌 꼭 한번 밟아주고 싶었어."

루슬릭은 단원들의 검을 받아내면서 오른팔을 들어 주먹을 휘둘렀다.

뻐어억—!

루슬릭의 주먹과 토르의 주먹이 부딪혔다.

토르의 건틀릿은 강철보다 단단한 특수 합금으로 되어 있었다.

용병 왕국 내의 유명한 대장장이에게서 특별히 만든 무기가 바로 그것이었다.

반면, 루슬릭은 맨손이었다.

설사 강철 건틀릿을 끼고 있더라 하더라도 강철 건틀릿이 부서질 판이었는데도 말이다.

"윽."

루슬릭이 앓는 소리를 내며 뒤로 물러났다. 함께 뒤로 물러난 토르는 건틀릿을 낀 주먹을 말아 쥐며 중얼거렸다.

"할 만하군."

"무기빨 한번 제대로 세우네."

무기도 무기지만 루슬릭이 잠시 밀렸던 이유는 어깨 때문이었다.

용병 왕국에서 당한 상처가 아직까지 완전히 낫지 않고 있었다. 평상시에는 큰 불편을 느끼지 못했지만 격한 움직임.

특히 방금 전 토르와 주고받은 주먹에서 루슬릭의 어깨 상처가 다시 재발했다.

"큰일 났군."

아무도 들리지 않을 작은 중얼거림이었지만 그의 심각함은 표정에서 훤히 드러났다.

사방에서 달려드는 단원들은 누구 하나 만만히 볼 만한 사람이 없었다.

전쟁 중에는 아무리 뛰어난 검사도 눈먼 칼에 맞아 죽곤 하는데, 루슬릭을 향하는 검들은 하나같이 예리하게 빈틈을 찔러오는 날카로운 검이었다.

단원의 수는 모두 열여덟이었다.

루나와 파이온, 카사크와 같은 실력자 열여덟 명을 한꺼번에 상대하는 것과 같았다.

"뭐, 그렇게 생각하니 할 만하네."

깡—!

검 하나를 가볍게 쳐내며 루슬릭이 주먹을 휘둘렀다.

뻐억—! 뿌드드득—

"커억!"

루슬릭의 주먹은 단원 한 명의 갈비뼈를 부러뜨리며 그를 멀리 날려 보냈다.

순식간에 한 명이 당하자 루슬릭을 향해 달려들던 단원들이 잠시 주춤했다.

"겁먹으면 지는 거라고 내가 안 가르쳤냐?"

그의 말대로 루슬릭의 팔과 다리는 쉴 틈이 없었다.

한 명의 단원을 쓰러뜨린 루슬릭은 바로 근처에 혼자 떨어져 있는 다른 단원에게로 달려들었다.

그때, 다시금 베어그가 루슬릭의 앞길을 막아섰다.

"멈춰."

"너부터 죽여 달라고, 돼지야?"

쉬익—

루슬릭의 검이 송곳처럼 찔러갔다.

메이스는 휘두르는 공격을 막는 방어에는 쉽지만 무겁고 둔한 탓에 찌르기를 막기엔 부적합하다는 단점이 있었다.

단원들이 루슬릭을 잘 아는 만큼 루슬릭 역시 단원늘의 특징에 대해서 잘 알고 있었다.

푸욱—

루슬릭의 검이 베어그의 허리에 꽂혔다.

하지만 베어그는 비명은커녕 미동조차 없었다.

덩치로만 따지면 토르와 비슷한 수준인 베어그는 칼 하나쯤 몸에 박힌 것은 대수롭지 않게 했다.

"역시 단장."

늘 음식만 탐내고 표정이 없었던 베어그였다.

한데 지금 처음, 그의 얼굴에 음흉한 표정이 지어졌다.

"못 죽이는구나."

성인 얼굴만 한 베어그의 거대한 주먹이 위로 올라갔다.

힘 하나만 놓고 보면 루슬릭에게도 크게 뒤지지 않는 베어그였다.

토르와 함께 성문을 작살낸 주인공인 그였다.

꽈앙—!

베어그의 주먹이 땅에 박혔다.

단단한 바닥이 쩍쩍 갈라지며 암반이 튀었다.

"뺏었다, 무기."

베어그는 자신의 허리에 박힌 루슬릭의 검을 뽑으며 기뻐했다.

주먹을 피해 멀찍이 떨어진 루슬릭은 비어 있는 양손을 보며 표정을 와락 구겼다.

"시발."

죽일 수 있었다.

배나 허리가 아닌, 심장을 노렸더라면.

단칼에 베어그를 죽이고, 그 뒤쪽의 단원까지 처리할 수 있었을 것이다.

하지만 그러지 못했다.

무슨 이유에선지 순간적으로 검의 위치가 바뀌어 버린 것이다.

"나도 참 정에 약하단 말이지."

"그거야말로 단장의 최대 약점이지."

쫘앙—!

단숨에 날아온 토르가 루슬릭을 향해 주먹을 내질렀다.

루슬릭은 피하기보다는 맞서 주먹을 휘둘렀다.

다른 점이라면 이번엔 오른손이 아닌 비어 있는 왼손이라는 점이었다.

부상이 없는 손이었기 때문일까?

조금이지만 밀려난 쪽은 토르였다.

"큭."

"아까 손맛이 아니지?"

쫘악―

루슬릭이 건틀릿 째 토르의 손가락을 잡았다.

의아한 표정은 잠시였다.

뚜두두둑―

"아악!"

건틀릿째 손가락이 꺾이는 바람에 토르가 고통스러운 비명을 질렀다. 하지만 비명도 잠시, 토르는 이내 남아 있는 다른 한 손을 뻗었다.

쫘앙―!

방금 전과 똑같이 부딪힌 주먹.

다른 점이라면 이번엔 루슬릭이 조금 밀렸다는 점이었다.

"이상하군."

손가락 하나가 부러졌음에도 토르는 웃었다.

"오른팔에 문제가 있는 건가?"

"신경 꺼라."

"그랬던 거로군."

확신을 얻은 듯한 표정이었다.

손가락 하나가 부러지긴 했지만 토르의 입장에선 손해를 봤다고 할 수 없었다.

덕분에 루슬릭의 오른팔이 멀쩡하지 않다는 것을 알 수 있었기 때문이었다.

"그게 뭐 어쨌다고?"

뻐억—

루슬릭의 다리가 토르의 뒤쪽 다리를 후려쳤다.

다리가 풀린 토르가 바닥에 주저앉았다.

무릎을 꿇었다고 하나, 토르의 키는 루슬릭과 별 차이가 없었다.

"팔 한 짝 없어도, 다리는 멀쩡한데?"

"큭, 허세는."

"허세로 보이냐?"

뻐억—!

루슬릭이 몸을 날려 토르의 턱을 무릎으로 강타했다.

연이어 주먹을 휘두르려던 루슬릭이 뒤쪽에서 느껴지는 싸한 느낌에 몸을 비틀었다.

쐐애액—!

단원 한 명의 검이 빠르게 루슬릭을 스쳐 지나갔다.

지금껏 눈치를 살피던 단원들이었다.

아무리 수가 많다지만 루슬릭을 상대로 생각 없이 싸웠다간 이겨도 절반 이상이 죽을 게 분명했기 때문이었다.

하지만 토르 덕분에 루슬릭의 한쪽 팔이 멀쩡하지 않다는 알게 된 이상, 그 점을 노리고 들어가면 충분히 해볼 만한 싸움이었다.

"아… 이것들 잔머리 하고는."

휘익— 척—

"어어?"

"고맙다."

서걱—

단원 한 명에게서 순식간에 검을 빼앗은 루슬릭이 그대로 그의 허리를 베었다.

피잇— 촤아아악—

허리가 반으로 베이며 첫 사상자가 생겨났다.

익숙한 얼굴이었다.

분명 얼마 전까지만 해도 함께 등을 맞대고 싸웠던 단원이었다.

그런데…….

"생각보다 별거 아닌데?"

*   *   *

뚜두둑—

루슬릭이 손아귀에 잡힌 단원의 목을 그대로 분질렀다.

"백 년 후에나 보자, 큘란."

십오 년 넘게 함께해 온 사람끼리의 작별 인사치고는 지나치게 조촐했다. 하지만 그렇게 보낸 사람이 한둘이 아니니 서운할 일은 없었다.

루슬릭은 검의 손잡이로 욱신거리는 오른쪽 어깨를 두드렸다.

"진짜 죽겠네."

"대단하긴 대단하군."

루슬릭과 가장 가까운 곳에서 토르가 진심 어린 감탄을 터뜨렸다.

루슬릭의 부상은 그리 작지 않았다.

한 번 꿰뚫린 어깨가 완치되지 않은 상태에서 무리한 싸움을 계속하느라 상처가 덧난 것이다.

계속해서 욱신거리는 어깨를 만지는 행동에서 토르는 루슬릭의 부상이 크다는 것을 알 수 있었다.

실제로 루슬릭의 움직임은 토르가 알던 바와는 차이가 있었다. 하지만 그럼에도 벌써 다섯 명이 넘는 단원이 죽어 쓰러졌다.

"정말 대단하오, 단장."

"귀에 딱지 생기겠다. 그 말만 몇 번째냐?"

오른팔을 완전히 축 늘어뜨리며 루슬릭이 왼손으로 검을

올렸다.

"나도 알아, 개새끼야."

"하지만 단장도 결국 사람이오. 부상까지 당한 상태에서 우리 모두를 이길 순 없소."

"니들, 나 지친 모습 한두 번 보냐?"

"……."

경각심이 생길 수밖에 없는 말이었다.

루슬릭은 스물다섯 살이라는 어린 나이에 로열 나이트 용병이 되었고, 그들의 단장이 되었다.

그리고 십오 년간 그들과 함께 숱한 전쟁터를 다니며 여러 상황을 겪었다.

오 년 전, 안톤 제국의 오딘을 만났을 때나 검왕 레오딕을 만났을 때나, 루슬릭은 수세에 몰리고 지친 경험이 숱하게 많았다.

힘들고 지치면 약해지는 게 사람이다.

그런데 무슨 이유에선지 루슬릭은 지칠수록 더 강해졌다.

이 정도 상황은 불리한 것도 아니었다.

훨씬 더 최악의 상황에서 루슬릭은 혼자만이 아니라 다른 단원들까지 지켜냈다.

지쳤다고 해서 결코 방심해선 안 될 사람.

그게 바로 루슬릭이었다.

"……알고 있소. 일깨워 줘서 고맙군."

"그래. 방심하다가 개죽음당하느니 긴장하고 돼지는 게 낫지. 안 그래?"

오른팔이 더 이상 움직이지 않는 것만 빼면 다른 상황은 썩 나쁘지 않았다.

안톤 제국군이 끼어드는 것만 아니라면 아직까지 루슬릭은 단원들을 상대하기가 크게 어렵다고 생각하지 않았다.

"더 두고 보긴 힘들겠군."

그때, 안톤 제국군 틈에서 가죽옷을 걸친 남자가 천천히 걸어왔다.

"나 역시 용병 왕국의 사람인데, 한 발 걸칠 수 있겠지?"

전쟁터라는 장소에 어울리지 않게 숨 막힐 정도로 느린 걸음으로 걸어오는 남자.

그의 얼굴을 확인한 루슬릭의 표정이 더없이 크게 변했다.

"……저 미친 영감이?"

『용병귀환』 5권에 계속…

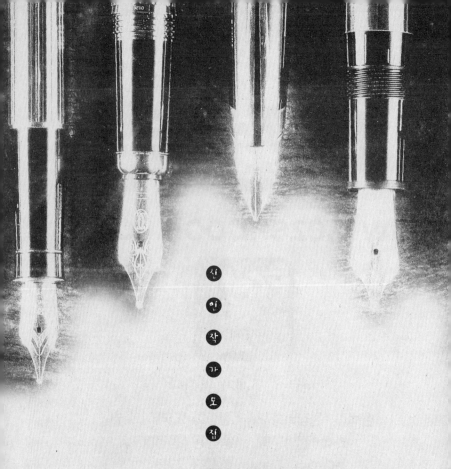

신

인

작

가

모

집

시작이 반이라고 했습니다.
작가의 길에 대한 보이지 않는 벽을 과감히 깨뜨리십시오!
청어람은 작가 지망생 여러분들의
멋진 방향타가 되어드리겠습니다.

저희 도서출판 청어람에서는
소설 신인 작가분들을 모집합니다.
판타지와 무협을 사랑하시는 분들의 많은 참여를 바랍니다.
소정의 원고(A4용지 150매)를 메일이나 우편으로 보내주시면
검토 후 출판 여부를 알려드리겠습니다.

주소:경기도 부천시 원미구 심곡2동 163-2 서경B/D 2F 우편번호 420-822
TEL:032-656-4452 · **FAX**:032-656-4453
http://www.chungeoram.com
e-mail:chungeoram@chungeoram.com

무경 新무협 판타지 소설

암제귀환록

FANTASTIC ORIENTAL HEROES

마흔에 이르기도 전에 얻은 위명.
암제(暗帝).

무림맹의 충실한 칼날이었던 사내.
그가 무림맹 최후의 날에
모든 것을 후회하며 무릎을 꿇었다.

"만약 그때로 돌아갈 수 있다면……."

사내의 눈이 형용할 수 없는 빛을 토했다.

"혈교는 밤을 두려워하게 될 것이다!"

Book Publishing CHUNGEORAM

FANATICISM HUNTER

광신사냥꾼

류승현 판타지 장편 소설

FANTASY FRONTIER SPIRIT

「블레이드 마스터」의 류승현 작가가 펼쳐내는
판타지의 새로운 신화!

마도대전을 승리로 이끈 유리언 대륙의 영웅,
최강의 아크 메이지 제온!

그러나 '세상의 섭리'에 아내와 아이를 빼앗기는데······.

『광신사냥꾼』

만약 그것이 정말로 세상의 섭리라면,
그마저도 무너뜨리고 말리라!

복수를 위한 제온의 위대한 여정이 시작된다!

Book Publishing CHUNGEORAM

유행이 아닌 자유추구 -
WWW.chungeoram.com

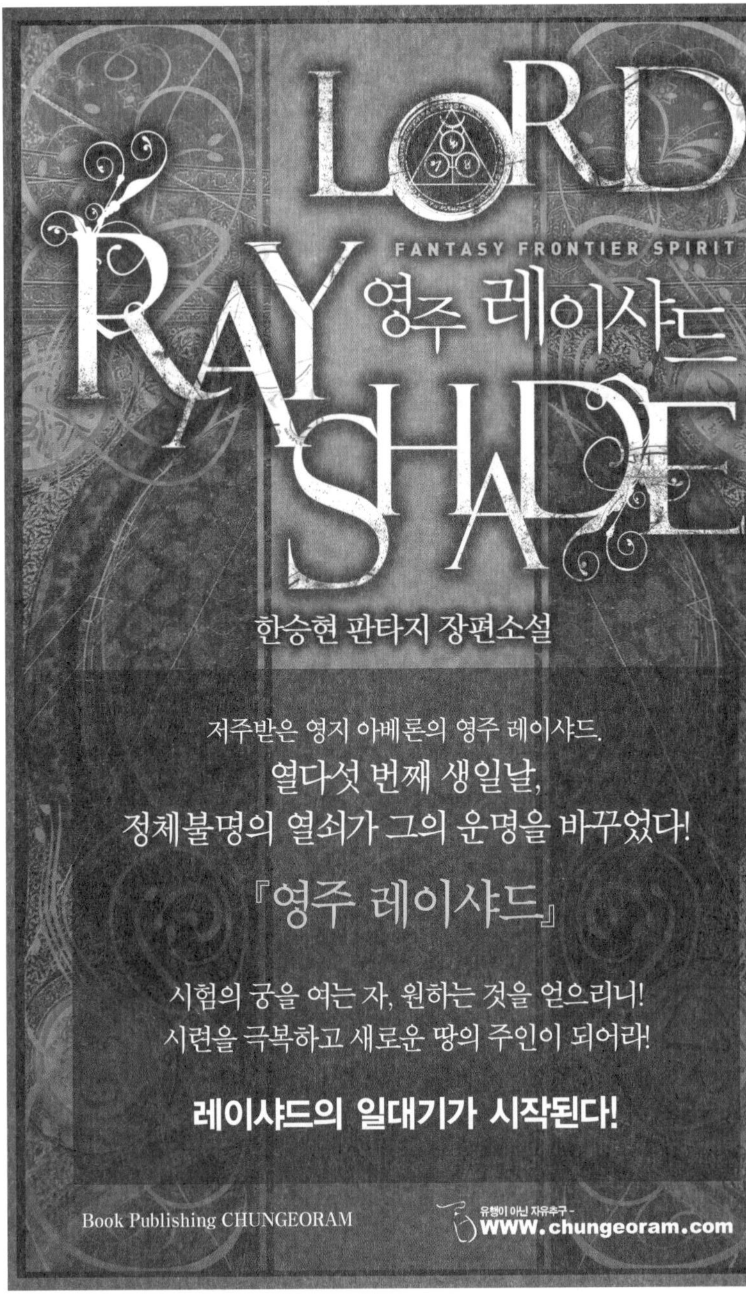
LORD RAYSHADE
FANTASY FRONTIER SPIRIT
영주 레이샤드
한승현 판타지 장편소설
저주받은 영지 아베론의 영주 레이샤드.
열다섯 번째 생일날,
정체불명의 열쇠가 그의 운명을 바꾸었다!
『영주 레이샤드』
시험의 궁을 여는 자, 원하는 것을 얻으리니!
시련을 극복하고 새로운 땅의 주인이 되어라!
레이샤드의 일대기가 시작된다!
Book Publishing CHUNGEORAM
유행이 아닌 자유추구 -
WWW.chungeoram.com

FANATICISM HUNTER

광신사냥꾼

류승현 판타지 장편 소설

FANTASY FRONTIER SPIRIT

『블레이드 마스터』의 류승현 작가가 펼쳐내는
판타지의 새로운 신화!

마도대전을 승리로 이끈 유리언 대륙의 영웅,
최강의 아크 메이지 제온!

그러나 '세상의 섭리'에 아내와 아이를 빼앗기는데……

『광신사냥꾼』

만약 그것이 정말로 세상의 섭리라면,
그마저도 무너뜨리고 말리라!

복수를 위한 제온의 위대한 여정이 시작된다!

Book Publishing CHUNGEORAM

유행이 아닌 자유추구-
WWW.chungeoram.com